TÀU-TĪN

湊陣

吳明倫

TÀU-TĪN

目次

好評推薦　005
推薦序：留白的玄機——《湊陣》的迂迴傳承／邱貴芬　008
推薦序：怪手魔手倫／鄭順聰　013
湊陣　019
浮生　041
扛轎　045
不明的飛行　111
銅像自身　125
順風旗　129
百鬼夜行　151
我在回家的路上撿到一塊神主牌　155

吃炮　165
鄰人　173
收驚　191
火燒百花台　195
島嶼之間　203
後記：故事的投胎轉世與異卵雙生　238

好評推薦

（按姓氏筆畫排列）

台灣鄉土的當代說書人吳明倫，像是兩手布袋戲偶的絕活師傅，左攻民俗、信仰，右踢性別、世代，一張口就多聲道，說出社會底層深層十八層的詭祕情事，令人瞠目結舌。雖是怪談，卻帶著無比的殘酷與滄桑。

——鴻鴻（詩人、導演）

明倫的文字裡面有一種黑色幽默，那種黑色是帶了點民俗、生活、地方政治的幽默，但同時也是內省跟悲憫的，在〈扛轎〉時是地獄第十八殿的孟婆湯，讓傷痛能夠因為遺忘重新再來；在〈湊陣〉是阿土師木雕的十二婆姐面具，能夠暫時化身與溝通人神、家庭兩界；在〈不明的飛行〉中，是關公大戰外星人一般的邪典感畫面，那架突然降臨反核抗議現場的ＵＦＯ，最後被似人似神的彩衣阿婆帶走，神來一筆地大喊「駱以軍」更是把這種邪典感推到最高潮，但那些抗議人群的狀態是真的，脫去魔幻後的人神大戰，是運動現場結束後，充滿無力感的人群戰敗散漫的離場。

身為長年離開嘉義的人，透過明倫的文字，我在閱讀時候一直被召喚回到西部平原的記憶，明倫不需要用力地解釋什麼是西部平原的空間感，因為所有一切的場景，都在她的敘事裡精準地讓讀者感受到。

——張嘉祥（小說家、裝咖人樂團主唱）

讀完《湊陣》的第一個感覺是：「好丂一尢喔！好喜歡！不管作者嗑了點什麼麻煩也給我來一些。」書中的章節排序隱約蘊含了某種寫作態度的路徑轉變，大概是從「文學獎試水溫」到「姐的寫作就是這樣不然你想怎樣有意見嗎嗄？」的演變小史，非常自信帥氣！吳明倫的文字輕鬆機俏，像一把小刀那般切入每則故事想要探討的議題，讀《湊陣》這本小說集像是在看一齣又一齣換場流暢的舞台劇，人物與對白繁多、節奏快速，幕與幕之間不容喘息。民俗藝陣及宮廟是吳明倫擅長使用的元素，這些元素貫穿整本小說集，由此折射而出的是對族群歷史、社會學與藝術展演的反思與叩問，作為讀者不得不折服於作者的田野觀察和靈光。

然後，那個，暮年BL真是讓人有一點怦然心動（開啟新世界的大門）。

——何玟珒（小說家）

我相信很多人都知道吳明倫很會寫東西，不管是小說還是劇本。但我想應該不是那麼多人知道，明倫在阮劇團又名「宅倫」。她是阮劇團的點子王，也是很多案子的幽默擔當，並且同時數年如一日地經營著一個祕密社團「宅宅床邊故事」。

這樣的一個宅倫，看網球、車上的音樂總是播著**Placebo**，應該是個台派但不迷信，適度的仇男厭世但也可以跟辦公室姐妹一起欣賞帥大叔或小鮮肉……。以上的這些，通常我們知道A的，不一定知道B；知道B的，不一定知道C……

但我想，以上這些明倫的小宇宙，在《湊陣》裡，應該都可以讓你感受到。推+1！

——汪兆謙（阮劇團藝術總監）

推薦序

留白的玄機——《湊陣》的迂迴傳承

邱貴芬

吳明倫擔任阮劇團駐團編劇，劇本獲獎無數，《湊陣》是她的第一本小說集，收錄了她二〇一一年以來的十三篇短篇小說作品，展現了她小說敘事的功夫。吳明倫生於一九八〇年，算是我們現在台文界所說的千禧世代作家。這個世代作家輩出，已成目前台灣文壇的主力了。但是作為千禧世代作家，吳明倫卻有獨特的路線。例如：相較於其他千禧作家致力於小說和散文的經營，明倫是極少數在編劇上發光發亮的創作者。劇本首重對話，生動的人物對話和角色口吻，成了吳明倫小說創作的一大特色，與許多台灣小說側重心理描寫缺少對話的敘事風格大異其趣。除此之外，吳明倫的小說創作也可看到幾個特點。《湊陣》裡的小說，沒有在她同輩作家裡常見的情欲書寫，即便涉及同志議題（如〈扛轎〉），也非劇情發展重點。她的作品裡有不少民俗元素（如〈湊陣〉裡的婆姐陣頭、〈扛轎〉和〈吃炮〉裡的虎爺「吃炮」習俗、〈順風旗〉裡的搶孤、〈我在回家的路上撿到一塊神主牌〉裡的神主牌等等），看似范銘如所說二十一世紀新世代作家的「後鄉土小說」，但是卻少有穿越、奇幻（〈不明的飛行〉是特例）、魔幻這些流行元素，背離「後鄉土小說」之「輕」，也看不到千禧作家偏好的類型小說套式。吳明倫的小說敘事往往暗藏玄機，留給讀者許多玩味的空間。這是閱讀她作品的一大樂趣。

〈湊陣〉（二〇一一）這篇小說獲得第七屆林榮三文學獎的小說首獎，探討民俗藝術的傳承，結構完整，不落俗套。從事木雕創作的陳十一離婚後在她父親陳玉獅的木工小工廠內隔出一小個空間作為創作工作室。地方庄廟的主委想為婆姐陣製作木頭面具，因神明指示，將重任委託給陳十一，而非身為婆姐陣元老且深諳木工的陳玉獅，讓他頗覺難堪。難道神明這樣「看沒有」這個老師傅，已暗示創新實為繼往開來之路？而傳統上婆姐陣頭皆由男人擔任，女人不得參與，但是後來陣頭青黃不接，陳十一也加入陣頭，豈非更進一步鋪陳傳統需要更新及其性別政治意涵？然而，新面具完成之後，神明透過擲筊傳達旨意：還是先用舊的那副吧。而陳十一與她工作室幫手排灣族的歷亞斯有關傳統與創作的對話，更饒富深意：陳十一認為歷亞斯的設計大量運用原住民傳統圖騰、百步蛇、雲豹這些原住民信仰的符號，缺乏個人風格，「這些圖案吞噬了作品，既失去原有的自然樸實和神祕感，也缺乏自我，而且不太看得出來你對自身文化的感情」。歷亞斯卻反擊，陳十一的面具也是傳統信仰的東西，是不是也缺乏自我，「失去原有的自然樸實和神祕感」，而且也看不出她對這些面具的感情？這番精彩的對話不僅拉出漢人女性vs.原住民男性的高度戲劇性張力，也是我在文學創作裡看到的對於「傳承」這個重要議題最深刻的反思。神明指示新面具交由陳十一製作，但完成之後，卻棄之不用，到底何意？〈湊陣〉的故事出乎意料地複雜。

〈扛轎〉以解謎的方式，推展一個原積極參與北港大大小小宗教信仰活動的父親突然離家出走，從人間蒸發的故事。兒子澤岸擺盪在繼續在台北當YouTuber，靠點閱率和業配維生，或是回家傳承餅鋪家業的選擇。這個故事敘述一個「家」的瓦解與信仰動搖的關係，故事裡的北港家鄉是個充滿民俗信仰的空間：媽祖、父親的虎爺會、牽亡歌陣、代天府的十八地獄景點、元宵燈會和牽亡歌。一次全家到代天府參觀十八地獄，女兒澤枝發生意外事件，父親自此信仰崩解，退出虎爺會，甚至人間蒸發，兒子遠走他鄉，母親想走走不了，女兒也隨後離家與她的同志愛人同居。神力失靈，無法保護這個虔誠信仰的家人，惡亦無惡報，信仰如何持續？由爸媽兒女組成的家庭原是傳統社會結構的基礎，傳統家庭的瓦解象徵傳統信仰的崩塌。北港朝天宮因迎接龍年燈會費心打造的巨型將軍花燈千里眼被過境颱風吹倒，支離破碎，主事單位也只好派工程車把孤單的順風耳推倒。難道北港護衛只是對於傳統的一種想像？有趣的是，後來兒子結束放逐回到北港學習牽亡歌，結尾牽亡歌第十八殿飲孟婆湯後投胎轉世，輪迴出生。這篇故事透過精心的鋪陳和伏筆，描繪現代社會裡傳統信仰的生存，以另一個角度切入「傳承」的問題，同樣值得細細咀嚼。

這部小說集裡的作品長短不一，吳明倫說故事，往往峰迴路轉，徐徐開展繁複的層次，讓我們看到現代生活裡的種種傳統元素。短短一篇序無法一一論及，我就再分享以霧峰林家花園大花廳為主要場景，讓住在台中的我因而想像特別鮮活的〈火燒百花台〉。家族中的年輕成員筱珀看到自家大宅開放參觀以來，訪客對於老戲台之美讚嘆不已，遂興起再讓戲台風華再現的念頭。老太太終於答應，點了高甲戲《火燒百花台》。舊時大宅裡的女眷大門不出二門不邁，看戲是難得透氣的機會。老太太當年猶是閨女，卻沒看完這齣戲就驚惶逃離，從此一生不再看戲。此戲裡有個與她相同年紀的待嫁姑娘，父親反對她的愛情，將女兒關在百花台後縱火企圖燒死她，以維護傳統規範。這齣戲終究沒在花廳上演，因為老太太先一步過世，「最後一刻是筱珀陪著她，她死前好像看見了什麼，莫名地驚恐。」在故事前半段，仍為閨女的她被嚴加看管，從未逾矩，「除了她見後門沒上鎖偷溜出去的那一天⋯⋯」那天發生了什麼事，敘述者沒交代。這個老太太的一生又搬演了什麼樣的故事？她過世前看見什麼？為何她如此驚恐？這篇故事欲語還休，讓讀者自行填補故事大量留白之處，充分展現了吳明倫說故事的功夫。

吳明倫在《湊陣》裡帶入大量的傳統元素，民俗信仰的描寫細節見證了她的田野和史料功夫。這樣的寫作行為本身即是一種傳承，但是她說故事的路徑曲折，透露了傳承並非一種義無反顧的姿態，而是謹慎地、反覆地摸索現代社會裡傳統再生之道。

◎本文作者邱貴芬，為中興大學台灣文學與跨國文化研究所講座教授，中英論著無數，近作《台灣文學的世界之路》即將由政大出版社出版。

推薦序

怪手魔手倫

鄭順聰

有一天，我突然動念想寫小說投獎，就去查找獎金最高的林榮三文學獎，連續讀了十多篇得獎作，讀過後大多失去印象，大多文字彆扭、技巧刻意。除了那篇寫宮廟的還有點意思，對宗教與人性施以小小的惡搞，帶記憶點。

作品名〈湊陣〉，看得獎照內的作者披著髮，手伸長出了框，身後留下一半空白，台大戲劇所畢業的，留學英國，似乎是位酷妹。

我這位台文里長伯就開始攀關係，想要認識作者吳明倫，最後竟是透過彼時在金枝演社服務的我太太的大姐牽線，在華山藝文特區對面大樓的羊城小館，二樓，首次見面。

不知是天氣冷還是人冷，那餐飯吃得有點冷，以我這種弄獅（lāng-sai）善於炒熱氣氛的個性，差點無以為繼。由於記憶也冷了，我只記得那時只確認了吳明倫的血統，是嘉義人也是藝文人，吃完飯就要去對面看戲囉，說跟嘉義在地的阮劇團有合作，可以認識一下。

後來我一篇短小都沒寫更沒投獎，倒是被這位魔手拉入劇場內，不斷地觀看阮劇團及其編劇的作品，甚至被拉進去客串演戲。吳明倫以快手著稱，編寫劇本又怪又好，事後統計我只看過《熱天酣眠》、《ㄎ國 Party》、《愛錢A恰恰》、《行過洛津》、《十殿》及《我是天王星》，八分之一都不到。

這期間我們在台中「沁園春」私聚，品嘗老餐館的風味，於阮劇團排練與餐聚時打屁亂扯，還加入其創立的粉絲頁「宅宅床邊故事」，蒐集奇奇怪怪的民俗異聞。曾在紫藤廬前的公車站牌偶遇（有貼臉書照片紀念），更常在嘉義市的路口偶遇，見她著短褲騎著摩托車一副綠豆嘉義人的模樣。

有一天，我問她有沒有寫小說，她就寄給了我一份。打開檔案一看，已經是一本書的量。問要不要出版，她回說還要再修改。

這對話就像回沖十幾次的烏龍茶那麼淡。

但我不死心，抽出〈我在回家的路上撿到一塊神主牌〉這篇，請她先改成廣播劇腳本，我再將華文翻譯為台文，在我的節目《拍破台語顛倒勇》製作上下兩集的廣播劇，由配音老師郭雅瑂指導，演員余品潔與陳盈達擔任聲音角色，錄製荒謬怪誕的聲音劇場，那是二〇一七年的年底。

早就料到這本小說集遲早要面世，連此篇序文的篇名與開頭我都想好了。詎料，吳明倫就是懶，多番鼓吹催逼之下，竟隔了五年才正式出版。標準的倫式風格。我列詞條來解說一下好了：

死人骨頭（Sí-lâng-kut-thâu）：其在蒼茫無邊的大海中，以怪異的冷酷手法，釣起一根根死人骨頭，將關係天地遠、關節不相連的碎骨，拼湊成一具完整的骸骨：荒誕，可笑，記憶點駭人。

在此勸告讀者最好不要用既有的讀法，來讀這本篇幅長短落差甚大，誤以為是錯版漏頁的「小說集」，這的確是本《湊陣》，讀者得要將頭蓋骨掀得開敞些，更不要將人與人、人與神、人與物的距離捉得那麼精準。畢竟，台灣的傳統文化與宮廟科儀面對現代化的催逼，其產生的化學反應，非純文學描述之悲愴糾結，更沒有通俗小說那般誇張的戲劇感。庶民是很有智慧的，也是窘迫現實的馴化結果，懂得如何調整，融入，幽默以對，吃下來就對。

最後都是這樣子的，時間與空間的蒼茫無邊，自自然然就吸收了那些不得已：

「活著哪需要什麼理由呢？」無名氏沉入床墊內。〈島嶼之間〉

這是作者告訴讀者關於這本小說之「人設」，體認這點，故事才能在不城不鄉、不上不下的半邊緣地帶活著。事情的發生不那麼嚴重，卻好似繫連著，悲傷不那麼悲傷，迷信有時是好的，破碎，不完整，回收場，笑一下比較迷人。

怪手魔手倫的手法，奇想與荒誕是日常，現實與超現實並存，觀點不小心就天外天，品味很怪卻輕巧入口，在疏淡的氣口道出的疏離氛圍中，日子就這樣過去了，一篇故事就這樣結束了。

實在是沒什麼，卻很有什麼，得注意「物之轉換」，婆姐面具、神轎、順風旗、神主牌、浮屍……這些「物」在小說之海漂流，毫無目的地漂流，最終被洋流導流到同一座深澳的懸崖之下。

物與靈，是如何繫連著的呢？

閱讀時最佳手搖杯搖滾是同樣來自嘉義的美秀集團，那樣初級工業風的廢金屬拼裝，和吳明倫的創作思維與場所感乃平行宇宙。美秀集團舉起炫炮朝華麗俗豔爆破挺進，吳明倫則乾冰淡冷於劇場間歇吐出「倫式宇宙」。

常常說沒什麼，其實這位酷妹是相當有企圖心的，其酷冷的風衣裡藏著《十殿》，二〇二一年展開台灣北中南巨大場館之旗艦巡迴，在文化界引發風潮與黑特。然而，那是劇場演出，得要有小說出版，才得完整。是以，我要學學怪手魔手倫在我散文集《夜在路的盡頭挽髮》推薦序結尾的口氣：

吳明倫是幸運的，有我這位台文里長伯不斷催逼《十殿》小說之完成。然而，就算再怎麼喜歡吳明倫，無法親睹真正傑作之誕生，實為全天下讀者之不幸啊。

◎本文作者鄭順聰是擽筆的人。嘉義民雄人，中山大學中文系，台師大國文研究所畢業。捌任《重現台灣史》主編，《聯合文學》執行主編，教育廣播電台《拍破台語顛倒勇》主持人。現任公視台語台《Hi Hi導覽先生》創意發想和台語顧問。作品有《台語心花開：學台文超入門》，台語詩集《我就欲來去》，華語散文集《夜在路的盡頭挽髮》等十二本。

湊陣

陳玉獅的木工小工廠還算整齊——各式手鋸、弓鋸、刨刀、鎚子、木工雕鑿工具組，以及各式機具如座式電鑽、線鋸機、小電鑽、電鋸、高速鑽等等，器具很多，所以必須要維持物歸原位的習慣。工廠中央是一張將近完工、只剩下上漆還沒完成的神桌，周圍靠牆的部分則有一些中小型的木雕作品，多是工藝、實用類型，陳玉獅的作品。其他的小件成品，或普通、或未完成、或非常拙劣，則為陳玉獅木雕教室水準不一的學員所雕。工廠後方角落附屬的木雕工作室約占地三分之一，屬於長女陳十一。陳十一的工作室相對之下相當凌亂。她有一套自己慣用的木雕工具，四散在工作桌上，一旦開始使用就不打算要收拾。沒有機器，因為都直接用父親的。

分隔工作室與工廠的是一面假牆，掛滿獎牌獎狀的那一面原本朝外，是陳玉獅用以炫耀女兒成就的方式，但陳十一不喜如此招搖，入駐後第一件事就是想把豐功偉業收起。雙方幾經交涉，最後的妥協方案是「換面」，從牆外移到牆內。只是如此一來，陳十一又不免覺得有股孤芳自賞的氣味，實在是非常困擾，很快就演變成非不得已絕不讓人進入工作室的自閉情勢。

此時就屬於這種情況。她不在桌前工作，而是指揮著兩個木材行工人用推車搬運一塊半人高的檜木木材穿越工廠送進工作室，一邊叮嚀著「小心不要撞到神桌！」兩個年輕工人曬得黝黑，不知道是不是大學生暑假打工，她暗自讚許這年頭還有年輕人願意幹體力活真不容易。

工人們汗水透溼了的薄制服黏在腰背胸膛上，筋肉起伏與呼吸的節奏一致。

陳十一別過了眼。

還是少女的時候，這些在工廠與木材行之間來來去去，一批換過一批的陌生精壯漢子總給她強烈壓迫感，掂量著對方的體型，把人家想得很壞很邪惡。她比普通身材的女性稍微高大粗壯一些，但自忖要是打起來，無論如何是打不過的，所以只要父親一離開視線，她就無法不繃緊神經，守著逃跑路線，直到工人離去或是父親再度出現。枉費她的警覺，從來也沒發生過什麼事，倒是在丈夫的挑選上栽了個超級大跟頭，之後就完全無法純粹欣賞肌肉與力量之美了。

工人之一在問答間得知她是頭家的女兒，便開始絮絮叨叨說個不停。原來他是小妹秋分的國小同班同學，似乎是初戀對象，所以聽說過許多關於陳十一的事，還跟著親戚朋友們直呼她為「阿土」裝熟。人際關係真是麻煩，她始終不是那種會對人親切的類型。另一個工人識趣多了，在秋分的同學興高采烈地對他比畫加說明「土就是十一，懂吧？」的時候，安安靜靜地遞上收據，隨後又安安靜靜地把囉唆不完的同伴拎走。

◈

陳玉獅領著定安宮管理委員會的吳主委來工廠，說有事要拜託「阿土師」。定安宮是地方上的庄廟，也就是信仰中心，主祀保生大帝。厝邊頭尾大家都從小認識，主委與陳玉獅是同陣頭的，更是換帖兄弟，看著陳十一從個丫頭長成大人，離家，返鄉。只要他敢開口請託，陳十一是不太可能推卻，但印象中藝術家只要扯到創作多半有很多常人不解的原則和龜毛的尊嚴問題，雖是長輩，仍謹慎地客套了半天，才勉強把「阿土師」的「師」字收回，生怕還沒提出想委任的工作前，已經一個不小心失了禮數得罪了她。

主委打開他帶來的箱子，裡頭裝滿十二婆姐陣的面具。此行的目的，是想請陳十一將這些讓陣頭成員穿戴的紙褙面具重新製作成木製的。紙製面具雖然有輕便的好處，但也相對脆弱，陣頭日曬雨淋的，再加上汗水的蹂躪，每年都會送去官田給師傅修補，但是去年那位師傅過世了，又沒有傳人，請示大道公的結果，是來找阿土。

原以為主委是想找美術系畢業的阿土做修補工作，沒想到是全新製作，而且還是用木頭，陳玉獅聽了詳情臉色一沉：改用木頭，找他不就好了？身為這個婆姐陣元老之一，原來是這樣被神明「看沒有」，寧可去委託對婆姐一知半解的現代人女兒也不找他。陳玉獅酸溜溜地直接戳破，委員會是不想傷害他感情才假傳聖旨吧。耍脾氣丟下兩人，漆神桌去了。

主委知道陳玉獅脾氣來得快去得也快，竟不去追，只顧著遊說陳十一接下這工作。等陳十一發現自己好像允諾在兩個月內交出十四副面具時，已經脫不了身了。主委不知哪來的信心，「你得過那麼多獎的人，沒問題啦！不是我在講，你離婚的正是時候，神明都算準準。」

陳十一送走了客人，馬上興師問罪。離婚的事情，到處去廣播了嗎？

陳玉獅果然早已消氣，一臉無辜地反駁，離婚為何要怕人知道。

「我又沒有怕人知道。」

「對啊，你無做毋著代誌。閣再講，咱這小所在，毋知才奇怪咧。」

陳十一瞪父親一眼，也不管陳玉獅正在油漆，把主委留下的原版面具擺在未漆的神桌桌面上審視，逼父親停工。指著一個嘴歪臉斜的面具問：「這個為什麼長得特別怪。」

小時候明明覺得婆姐們都一樣。果然如陳玉獅所指控的，對婆姐陣懵懵懂懂。

陳玉獅瞄一眼，搖搖頭，真是小時候頭都白摸了。這是婆姐頭，總管陳大娘。其他的是二宮黃鸞娘、三宮方四娘、四宮柳蟬娘、五宮陸九娘、六宮宋愛娘、七宮林珠娘、八宮李枝娘、九宮楊瑞娘、十宮董仙娘、十一宮何鶯娘，還有十二宮彭英娘，這十二位神明救援產婦，保胎送子，是女性與兒童的守護神，所以陣頭出巡時，大家都爭著讓我們摸頭保平安。另外這兩個是婆姐母跟婆姐囝，他們嬤孫倆是方四娘的母親跟兒子。方四娘改嫁，古代嘛，所以不得不把拖油瓶交付給娘家的母親，不過最後方四娘一家還是團圓囉。

當然也被摸過頭的陳十一戴上方四娘的面具對陳玉獅撒嬌，怪趣。這故事好殘忍喔，阿爸。阿爸，你會幫我做面具吧？

「我才無愛。我足無閒的，你家己想辦法，你是大師呢，神明指定呢，我算啥物跤。」

「怎麼這樣，跟方四娘一樣無情。」

「夭壽！莫亂講話。」

◈

夜裡的陳家鑼鼓聲不斷，間以陳十一豪放的爆笑聲與「陳初三！加油！陳初三！加油！」陳十一與其母陳林滿在沙發上笑容滿面地看著陳玉獅爺倆。陳初三一手拿一把便宜塑膠傘，另一手拿著報紙摺成的、爛爛的扇子，賣力但很彆腳地隨音樂踏著婆姐陣頭的基礎腳步。陳玉獅則在一旁插著腰隨時指點，兒子的缺乏節奏感搞得他又好氣又好笑。茶几上擺著一台 **CD player**，由陳十一負責播放與暫停音樂。陳林滿正在修改給陳初三的大紅婆姐衫，一直被陳初三分散注意力，進程緩慢。

根據傳說，臨水夫人陳靖姑收了三十六位婆姐作為手下，職司婦幼平安，十二婆姐陣理論上應該是三十六婆姐陣才對，但即使在信仰更堅定的從前，那也是太過龐大的編制，因此便以頭十二宮代表全體了。現時參與者平均年齡層相當高，要湊齊人數更是越來越不容易。早已成家搬出的陳初三被陳玉獅召回時，大概是這樣的情況：

「阿森他三叔公上個月出車禍有沒有，所以我們陣頭就又少一個人——」

「我不要！」

「我叫你來不是要你答應，是叫你來練習。你沒有選擇。」

「無愛啦，足見笑的。」

「見笑啥見笑啥？你做便利商店店長是偌高尚？面具戴咧誰知影是你？」

「為什麼不叫大姐跳？」

「查某人袂用得。」女人不行。見陳初三和陳十一一臉不以為然，陳玉獅又說：「平常攏是查某人咧照顧囡仔，所以愛予查埔人有機會去體會這種感覺。看過歌仔戲無？看過歌仔戲的三八有無？按呢行路。」

小妹陳秋分也挑在這一天夜裡回家，大老遠高跟鞋就跟鑼鼓聲唱和著。一家竟然意外地相聚了。陳秋分對於為何辭去外貿公司的職位不肯多談，只顧著跟被趕鴨子上架心情相當不爽的陳初三鬥嘴，隨後就與陳林滿的碎碎念一同上了樓。

你跟阿土這兩姐妹，長這麼大了還要父母操煩。阿土剛回來那幾天多恐怖，你阿爸偷偷跟著她三天，發現她常常去三岔路那塊空地瞪野雞，好像野雞欠她一筆債還是欠她一個丈夫。整個人戇神戇神，哪有人找題材是那樣子？最後你阿爸看不下去，第四天早上把她拖去工廠幫忙，還為她隔了一間工作室出來，她才慢慢恢復正常。你不要看她平常笑瞇瞇的，她喔……

陳十一默默地把音響的音量調大，但嘲笑陳初三的興致已失，沒多久就也回房去翻看她稍早從圖書館借回來的、沉重多彩的民俗藝術圖鑑書籍，比對著舊面具，動手素描，鑽進自己的世界。

再一抬頭，陳秋分笑嘻嘻地闖進來了，素靜著一張臉，爛爛的T恤配過膝的球褲，讓陳十一想起小妹還是高中生的模樣，那是她古靈精怪的氣質最鋒芒畢露的時期。兩人年齡差距有七歲，陳十一小時候的任務之一就是說故事給她聽——只比她小一歲的陳初三彼時已是「沒救了的死小鬼」，她認為。陳十一總是「愛你唷愛你唷」地對陳秋分喊著，她的父母不曾這樣教她，不知道從哪裡看來的，陳十一認為孩子一定要從小就感受到家人的愛才能發展出健全人格。陳十一也只對陳秋分如此直接。

陳秋分東拉西扯，假意對面具和草稿有興趣，一下子問姐姐什麼是陣頭？（喔原來就是遶境那個。）一下子問什麼是十二婆姐？（難怪有點面熟，就是爸的表演嘛。）還有為什麼大爺、矮仔爺舌頭伸那麼長，他們還是人的時候不是一個是淹死的、一個是吊死的嗎，為什麼兩個的舌頭都伸出來啊？（你也有不知道的事情啊阿土。）

接著輪到陳十一一直等待的問題：「媽說你剛回來的那幾天，天天跑去看野雞？」關於鬥敗的母雞這個不成立的失敗自喻，她並不想回答，幸好陳秋分似乎沒想要深究。

陳秋分有更重要的話要說。

◈

陳秋分懷孕的事，陳林滿與陳十一都主張先瞞著陳玉獅，當然紙包不了火並瞞不了多久，讓陳玉獅真正震怒的是陳秋分始終不願意透露孩子的父親是誰。冷戰總是一發不可收拾，陳十一留在工廠與工作室的時間便越來越長，想盡量避開同時與父親和小妹共處的尷尬。木頭和木屑的味道讓她安心，敲敲打打便忘了塵世。

陳十一在父親的木雕教室找了幫手，談妥了條件後，每天晚上來上工，陳玉獅偶爾也會來插花指指點點一番。這幫手她見過的，就是那日送木材來的兩個工人之一，安靜的那一個。他被稱呼為長壽仔，國中時曾經讀過美術班，有點素描底子。陳十一覺得他的木雕作品不太像是學院系譜，也不是陳玉獅的風格，一問之下才知道長壽是他的漢名，他的族名是歷亞斯 **Lias**，來自有木雕傳統的排灣族，小時候常跟在木雕專家的部落長輩身邊邊玩邊學，長大後才離開屏東出外打拚。陳十一與歷亞斯都是慢熱的人，但有木雕作為共通的語言，倒也相處得不錯。直到歷亞斯拿了他自己的一張草圖來請陳十一指教一番，兩人才首度出現了意見的分歧。

陳十一直截了當地指出，歷亞斯的設計缺乏個人風格。「這是我個人意見，你聽聽就好。我的意思是，原住民作品不是非要有傳統圖騰、太陽、百步蛇、雲豹啊那些，跟你們信仰相關的象徵和符號。傳統可以是養分，但是不能是限制。」

而歷亞斯卻認為他的木雕作品有其使命，要透過雕刻中的圖騰或生活圖案來保存原住民的文化。

「你要把自己定位為哪一種藝術家呢？你是要為族人創作？還是為自己？藉著為族人創作找到自己？還是藉著為自己創作找回傳統？這有很多可能，但是我從你的草稿中看到的是，這些圖案吞噬了作品，既失去原有的自然樸實和神祕感，也缺乏自我，而且不太看得出來你對自身文化的感情。」

歷亞斯不是不能接受批評，但他還是忍不住指著桌上半成品的婆姐面具，「我覺得那也是『失去原有的自然樸實和神祕感』，也『缺乏自我』。還有，這不是你們漢人傳統信仰的東西嗎？從你的面具草圖我也看不出你對這面具有什麼感情。你不覺得你說了那麼多冠冕堂皇的話，再來做這個，有一點……矛盾嗎？」歷亞斯選擇了較溫和的形容，因為陳十一突然以一種驚弓之鳥的表情看著他。

陳十一第一次逃回家裡時，陳林滿說，你就是說話太直了，男人要面子，你就是說話太直了。

無肚量算啥物查埔人，幹。陳玉獅一拍桌，嚇得陳十一又抽噎起來。

陳十一悲哀地低下頭，這次是什麼，是歷亞斯額頭上微微浮起的青筋嗎？還是他幾乎難以察覺的聲調改變？難道我這世人就要這樣驚慌下去嗎？

一陣安靜，陳十一整理好情緒後，歷亞斯迷惑的臉才使她想起對話好像才進行到一半，暗暗為自己的分心也為拿他跟前夫相比感到歉然。陳十一放棄以接單與創作的不同再辯解下去，因為歷亞斯沒有說錯，她不是不清楚，廟方找上她這個算是與婆姐陣有淵源的人，就是希望她能把舊面具當成養分，而不是限制，認為她會真的喜歡，而不只是迎合。

歷亞斯對陳十一的內心轉折自然渾然不知，只是創作觀念的討論而已，那個小鹿似的恐懼是什麼意思？說錯了什麼？會丟工作嗎？會被趕出木雕教室嗎？最壞的情況，會被木材行辭退嗎？

陳十一卻沒事般地對他笑，說，講得很有道理耶，那只好重頭來過啦。

◈

吳主委搓著手，秋涼的日子他頭上冒著汗珠。茶几上的蜂蜜是他帶來的伴手，主客彼此心裡清楚這次的拜訪事情不會太小條。

新的面具神明很喜歡。不過定安宮管理委員會有個委員叫阿草，這人生雞卵無，放雞屎有，沒事就喜歡擲筊，無代無誌他偏偏去問大道公，有了新的面具，那舊的那副怎麼辦。

神明的旨意是，還是先用舊的那副吧。

「你是講大道公咧共阮阿土裝痟的？」

「無啦！大道公是惜情啦。」陳十一攔住想往門外走的父親：「煞煞去啦。難道要去跟神明計較嗎？」

吳主委再三道歉與奉承。陳玉獅好不容易重新坐下。「這小東西你們一定要收下，我在竹山的親戚的鄰居養蜂，我跟他叫了幾斤。這是用天然方法養的喔，有些蜂農會用花蜜去餵蜂，釀出來的蜜就沒有這麼香。不信你們聞聞看，絕對跟普通的不一樣。」在場的人為了表示自己真的不介意，很配合地聞了一輪。

對吧？天然的上好，天然的上好。工蜂為女王蜂奉獻，就好像我們跟庄廟的關係。對吧。聽說阿土明年要開個人展覽，我們鄉親都好榮幸，一定會去捧場。我有個文化界的朋友，昨天來找我正好看到阿土做的面具，問我可不可以借去百貨公司展覽，這件事也是我今天來要跟你們談的。這真的是剛好，我想一定是冥冥之中大道公要表示祂不是不滿意你們的作品啦，阿土的面具有推廣文化的責任啦。說實在，沒有一個家像你們這樣夠義氣。老陳容玉獅，阿土做面具，還有你們初三仔也來湊一腳，沒有你們，我們就出不了陣啦……

吳主委愧疚時就會連珠炮似地轟炸，不給人插嘴的機會。

言猶在耳，陳初三在店裡搬貨時閃了腰。

出陣迫在眉睫，眼看就要開天窗，家裡的戰爭卻又拉到一個新的層級。因為陳秋分出主意說，不然就由她的新男友（或是舊男友，她的那個國小同學）頂替怎麼樣？

「他跟你什麼關係，你莫清彩共人攪代誌。」想幫忙，還不是讓別人出力。不要幫倒忙就好了。很久以前看他們卿卿我我溫馨接送就非常莫名火大的陳玉獅，面對妻子和陳十一的「秋分大身大命，你不要讓她動了胎氣，她也是好意」與「對啊，你要一個孕婦怎樣」幫腔，終於與家中女人們全面對立。

你們女人最後都會站同一邊！「早就知影，不時就聯合起來對付我！」

陳十一還不識相，執意繼續誰來頂替的話題，她提名了自己。

「我毋是講過，查某人袂用得！你莫閣講啥物男女平等彼套。」

秋分！秋分！

◈

黑暗中電話鈴聲急急地響。陳十一手上雨傘還來不及收，隨便一丟，門也不關，燈也沒開，就奔去接電話。陳玉獅尾隨而入，關門、開燈、晾雨衣、收雨傘，一邊光明正大地聽著電話內容。

秋分的孩子像是古希臘戲劇中的 **ex deus machina**：神心血來潮就插手祂一直置身事外的人間。陳玉獅的金孫輕鬆解決了所有的紛爭，只差沒立刻治好陳初三的腰。

從醫院回來，陳玉獅已經不在乎什麼陣頭不陣頭。醫院是最可怕的地方，但是醫生真可靠，一看就知道要怎麼辦，哪像我們急的！醫生簡直是神而且大致上沒有神明那樣歹奉待。孩子們飼到這麼大，快快樂樂健健康康就好。陣頭誰想跳就去跳，老人還是退休算了不要惹人嫌。

從醫院回來，陳十一更加堅定加入陣頭的意志。秋分子宮收縮吃了六顆安胎藥才壓住，醫生除了會給藥還會做什麼？那麼多藥，最後秋分胃都痛了。這次有驚無險說不定正是十二婆姐保佑，世界上無奇不有，問題在於相信或是不相信。

「長壽仔著獎矣。」她掛了電話，還是向父親報告一下。「阿爸，你弄好沒？隨便弄弄就可以了。」指的是雨具。見陳玉獅心不在焉，只好再催一次：「我有話要跟你講啦。」

要講就講啊。

要坐著正經講。

陳玉獅大概猜得出她要說什麼，女兒也就那幾件事掛心。就算她說要嫁給長壽仔，本山人也不意外，不過應該沒有進展到那麼快才對，前一個婚姻的陰影那麼大，但是誰知道呢……唉呀，他們倆個信仰是不是不同？算了今天已經夠多事了先不去想。阿土要談的應該不會是這個，從她在我面前還是稱呼歷亞斯為長壽仔，還有她裝沒事、壓抑的喜悅，就可以判斷。那麼一定是要談婆姐陣或是幫秋分說情了，這女兒脾氣像頭牛，到底是遺傳到誰。

「快點過來坐嘛。」

陳十一請父親好好坐下，自己則擺出謝罪的粗獷姿勢：「下午是我沒有說清楚。我不是要爭出頭。這次做面具我付出很多心血，但是我不是因為這樣就覺得我有什麼特權。我更不是因為傳統上女人不能跳，就硬要去挑戰禁忌。」

陳玉獅不習慣這種父女嚴肅對話，坐立不安：「你講重點。」

「我沒有跟你說過……」換陳十一坐立不安了，她也不習慣對父親這麼坦誠。

我沒有跟你說過，你扮婆姐這件事情我很感動。去扮演一個散播愛的角色，很關懷人的角色。去祝福別人。我知道你平常不是這樣，但是我覺得，那樣的你其實是真的你。我不是說你像女人！我是說，也許就是躲在面具和化妝之下，反而讓你拋棄了平常嚴肅的那一面。總之我很喜歡那個樣子。

所以我也想做一樣的事。

她舔舔乾燥的嘴唇，「就好像你做木雕這行，所以我才會也走上這條路。」

陳玉獅伸懶腰假裝打呵欠，順手把眼眶中的淚若無其事地擦了，「你早講著好矣嘛！害秋分送去病院！」再坐下去恐怕女兒會迸出一句我愛你，那就太難為情。「講完矣未，較早睏較有眠。」

◈

開路鼓、頭旗、樂師、婆姐囝、婆姐母與婆姐們一行將近二十人，與幾個其他的境內陣頭會合後，浩浩蕩蕩地按照規畫的路線從定安宮出發，不久就來到第一站城隍廟，當然要擺開陣式行拜廟之禮。陳十一才第二次出陣，已經對陣頭規矩瞭如指掌，她在面具下深深吸了一口氣，和衣服一樣有爐香薰過，混和著一路的爆竹，這是宗教在人間的氣息。

陳十一登高一呼並得到大道公的聖杯應允後，廟方才發現有那麼多女人老早就躍躍欲試。她們非常積極地參與團練，人數之眾，搞得每次出陣還要先抽籤。雖然有點麻煩，但至少比之前總是三天兩頭面臨青黃不接的窘境要好得多。

陳初三藉著腰傷順理成章地退團後竟然過意不去，四處幫定安宮十二婆姐陣到處找官方補助、民間贊助，不知不覺做上了癮還自作主張去報名外地的文化祭，又是拍照架網站又是買專書研究，滿口祭祀圈、地方文化、社區總體營造，每每讓陳玉獅聽不下去，戳他的頭笑罵他又自以為高尚說什麼有學問的話，神明的道理你懂個屁，假會。

「咱陣頭愛湊，鬧熱嘛是愛湊，逐家湊陣共神明湊鬧熱，這你有心咧做，就……人攏有咧看。」陳玉獅小聲地補了一句以免太過打擊初三仔，自覺真是用心良苦。

於是陳初三又高高興興張羅什麼去了。

陳十一製作的面具也使用過多次了，雖然大道公好像還是比較喜歡派舊的面具出去。其實陳十一自己也比較欣賞舊版，質感不是木頭可以做出來的，而且很有獨特拙趣。

散播歡樂散播愛的神祇很受歡迎。遠遠地，陳十一就看見長長的隊伍，而陳林滿扶著懷抱孩子的陳秋分在最尾端。

進場、打圈、拜廟、十字穿龍、對拜、結束拜禮。

表演過後，十二婆姐們開始為信眾賜福，這是陳十一最重視的部分，一定要將愛與祝福鄭重確實地傳達。信眾以婦幼為主，跪在地上，婆姐們用扇子輕拂大家的頭頂，有些人拿出童衫鋪在地上讓婆姐們踩過。在這樣的儀式中，陳十一體會到她這個代表，也是同樣承受著某種超自然力量。歷亞斯是懷疑論者，有時也認為陳十一迷信，但他還是在陳十一第一次出陣時捧場觀看，結束後他說，跟平常的阿土師完全不一樣哩。

怎麼不一樣呢？

充滿著愛，如果面具拿掉以後還是那樣就好了。如果是這種迷信，那也不錯，還可以運動減肥。

那次的爭執記得是以互相捏著對方臉頰死不放手直到覺得怎麼這麼無聊才結束。

十二婆姐中的方四娘摸陳秋分與孩子的頭時，陳秋分攔腰勾住方四娘，方四娘將面具拿下，是陳玉獅。他以父親的身分又摸了陳秋分的頭一次，孫女瞇瞇笑，隱藏她骨碌碌的大眼，一切都在她的預料和盤算之中。陳秋分學著二十幾年前大姐的模樣，對孩子念著：「小雨水，阿公阿嬤阿姨阿伯還有媽媽都好愛你唷！親一個！」陳玉獅的取名風格始終如一，秋分大概對此心裡有數才挑今年雨水這天剖腹吧。這樣生日比較好記才不會一忙就忘了啊，陳林滿為丈夫解釋，你們的生日他都沒有忘過不是嗎。

面具下的信女陳十一看著這一切進行，真真正正地鬆了一口氣。

今天也是合境平安。

第七屆林榮三文學獎短篇小說首獎

刊載於二〇一一年十一月二十八、二十九日《自由時報》副刊

浮生

白鵝低著頭划過匯聚的綠藻，塘面又恢復了如鏡的平整沉默，只剩幾顆綠色的泡沫沒勁地起起浮浮。夏天將要落幕，老德華貪戀的是水塘的冰涼，把沾了泥土的赤腳也給泡了進去，倒不期待能釣起什麼魚蝦。遠方有車鼓和人聲喧鬧，一字排開的卡車上載著閃爍的豬架、彩棚、金牌與獲獎神豬，大大的花紋和字體：特等、壹等、貳等……把這一年來的虔誠與下一年的福分具體標明。是七月半了。

小時候的德華在過七月半的這天，會幫一大早就起床忙裡忙外的母親在自家門口把摺疊桌打開，鋪上色彩燦然的塑膠布，每盤供物上都插上一支香，並把水果排成金字塔狀。三牲四果糕粿米酒，那年頭還不時興仙貝乖乖鋁箔包易開罐。母親舉香默念時，德華喜歡偷偷瞄著她。嗆著眼鼻燒完紙錢後，母親會囑他灑酒收尾，讓他覺得像是個大人。農家子弟敬天地畏鬼神，德華便神色莊嚴，把祭拜過的杯中酒倒回瓶中後，繞著小金爐，灑下圓滿的一圈。

灰燼冒著的煙捲著香火味冉冉上升，地上的酒水迅速蒸騰，消散了圓圈裡外的界線。不知道從什麼時候開始，大約是母親過世那年，或是他娶了媳婦的那年，德華開始懂得那個獻祭的圓所圈著的，不只是金爐，也不只是神豬。

二〇一六年「午後造訪——小人物探險隊鄭烜勛首度個展」展品搭配文字

刊載於二〇一八年七月十七日《自由時報》副刊

扛轎

0

「如果這個世界被水淹沒，只剩下一座小廟，裡面拜的一定會是媽祖。」
「而且是我們北港朝天宮的。」
「朝天宮不是小廟。」
「那就，只剩下一座大廟。」

1

幾個月來鎮上有一群年輕人開始在「活動」。追根究柢來說，泛起最初的漣漪的小石頭，是一個叫「顯靈」的龐克樂團的吉他手菜頭。顯靈週末到處走唱，起先賣些小玩意，貼紙、CD、T恤什麼的，現在還辦起了市集。

麗華跟北港一樣是一座自給自足的生態系統，原本不會特別注意這些少年人的潮流，但菜頭來她店頭聊天的時候，總是手舞足蹈又一五一十地告訴麗華阿姨他們最新的進度和想法。她有時挺好奇，有時裝一裝。身上刺龍刺鳳加各種穿孔的菜頭坐在店裡的時陣，人客攏會較少，但麗華喜歡聽他瞎扯淡，意會他幫忙照看自己出門在外好兄弟的母親的，一片善良。

菜頭跟著父親跑牽亡歌陣多年，自小沒得選，前場後場都得學，以便隨時補位上場。菜頭對牽亡陣倒也未曾排斥，究竟是因為先天個性還是後天環境，已不可考，無論如何，他對這行當也曾認真到拜樂師當師父。在弦樂器方面有突出的天分，很快上手了三弦，接著是二胡、月琴，還隨手就自學了吉他。

有一天，菜頭出完陣後，自己先繞去嘉義逛街，再轉車回北港，候車時旁邊的路人阿叔，也不知是已到了初老重聽的年紀，還是從少年時代就習慣讓所有人知道自己的音樂品味，耳機大聲播放著 Smells Like Teen Spirit。對菜頭這年紀的小伙來說，Nirvana 已有如爺爺輩愛過的 The Beatles，散發著古老悠遠經典懷舊。（尊敬地）待 Smells Like Teen Spirit 播完，菜頭拿起身邊的三弦，抓緊歌曲間的空檔，體貼地讓阿叔可以即時暫停耳機裡的音樂，開奏 Come as You Are，不想竟然頗受車站候車乘客們的歡迎，其實扣掉路人阿叔和他，也只有六個人，而且大概此前都沒聽過閃靈在重金屬樂裡加入二胡的作品，是以新鮮，但確實是在這之後，菜頭才開始思考自己身為一名牽亡陣樂師，也許還有別的發展可能。

後來，組團演出、比賽、街頭賣藝漸漸賺得比較多一點，但老爸要他出陣他還是會支援，師父伴奏，菜頭精瘦的身材穿起鳳仙裝演小旦也還是風姿綽約頗有一回事。這就是顯靈的核心成員，三弦手兼吉他手兼主唱兼團長菜頭。

顯靈本來是個平常只想在北港生活和表演翻唱歌曲的地方小樂團，但最近菜頭與他的快樂夥伴們開始寫原創歌曲以後，突然野心大了起來，甚至租了一間平房當工作室，方便日常團練，也可以「活動」一些有的沒的。

幫鼓手阿魚刺青的朋友一邊刺一邊跟菜頭說，規模先不要太大，但是一定要夠氣勢。「比如說啦，我是說比如說。我可以幫你在工作室外面畫壁畫，但你要幫我想主題。」

一個月後，融合街頭塗鴉藝術與北港在地信仰，名為「風雨免朝」的熱門打卡點誕生了。[1]

這幅壁畫既是在北港，簡直不可能選擇媽祖以外的其他主角了，但塗鴉的風格在這年老的鎮上卻又非常新穎。

一如刺青師所預期，壁畫不僅引起在地的騷動，連遠在台北的澤岸也看見了臉書上其他朋友轉發的新聞，有的還趁機批評仿冒日本漫畫人物的其他台灣壁畫一番。

澤岸傳了一個「媽我上電視了」的貼圖給菜頭：「靠邀咧我還特地去查風雨免朝是什麼意思，你哪時變那麼有學問啊。」接著又連發「已跪」、「有神快拜」的貼圖。

北港 Boy 澤岸說的是真的，他拜請了孤狗大神才知道，由於媽祖是海神，因此媽祖出巡、遶境時，會出示「風雨免朝」令旗，特許四海龍王，還有風神、雨伯、雷公、電母等眾神不必前來，以免風雨隨之。

「還不是問你媽。夠酷，岸拎老師才會回來打卡啊。」菜頭回訊，用澤岸的惡趣 YouTube 頻道名稱稱呼他。

2

澤枝為突然來訪的澤岸提早下了班，騎機車載著他到離上班的百貨公司頗有點距離的酒吧，招待一下，她說。

---

1 景點為真，來源虛構。

澤枝的長髮隨風啪啦啪啦地打在澤岸臉上。妹妹是故意懲罰他的吧，這麼久了才想到要來找她。

澤岸往後略傾，閃開飄揚的頭髮，她是不是不願自己靠得離她太近呢？

路邊有一段邊境的隊伍，澤枝也不繞道，很有耐心地等著。

她在說什麼連她自己都聽不清楚，為什麼還要說。什麼火雞肉飯？我已經吃過了。

「我已經吃過了。妹！妹！」

「醒醒吧，你沒有妹妹——好啦你有。那麼大聲叫屁喔？」綠燈亮起以後交通突然就暢通了，理所當然似的。

澤枝跟女酒保熱情地打了招呼、介紹兩人關係以後，澤枝就熟門熟路地到最深處的小包廂，靠著角落盤坐在皮製的沙發上，一派輕鬆，「這是嘉義最老的酒吧喔。」深色木質的桌面泛著光亮，由過去數十年客人的手肘打磨而成。

澤岸這一路記掛著很多事情，但澤岸最後什麼都不問，只是悶悶喝著黑啤酒。

「你看他又陷入自己的世界裡了，從小就這樣。你能想像他是個能對著鏡頭一直講話講個不停的 YouTuber 嗎？要不是我親眼看到影片，我也不相信。」澤枝的酒也來了，她對著酒保念他。

酒保聽見頻道名稱是「岸拎老師」時，像其他人一樣笑了。兄妹兩人有一搭沒一搭地聊著近況，多數時間是澤枝在抱怨百貨公司的樓管。澤岸想，他的沉默是對的。看著妹妹頂著精緻而持久的濃妝，知道她的辛苦比起自己的無事呻吟，實際太多。作兄長的架子，也就遠遠拋開了。

澤枝人緣好，國小時喜歡去朋友家或鄰居家邊玩邊做功課，晚餐時間才回來，那時澤岸已是國中生，已經習慣窩在房間瞪課本嚇嚇它們，看有沒有用。一家人吃晚餐的時候，澤枝當然是那個同學怎麼了、這個同學又如何地，說個不停。總是她講，其他人聽，這是每一晚的規律。那時候誰也不知道他們最終會變成現在這德性。

店裡的古董鐘緩慢地敲了九下，夜未深，店裡還是只有他們兩個客人。這間安靜的酒吧或許真有什麼魔力，他也學澤枝脫了鞋子盤起腿來，今夜第一次說了心裡話：「我有在考慮，是不是要搬回去北港。」

澤枝要笑不笑的，澤岸一時無法判斷，澤枝是不是露出了她的職業笑容，那種安全的笑，讓你說下去，或不說下去，都好，的笑容。

澤岸把心一橫，跟她講話還要考慮那麼多的話，算什麼兄弟姐妹。

「其實我幾乎決定了。」

「跟媽說了嗎？」

澤岸盯著啤酒杯杯壁上緩慢滑落的白色泡沫說：「還沒。」與酒杯之間隔著紙製杯墊的溫潤木桌，也跟著冰了起來。

「反正她一定歡迎你的。」

「彼啊著閣講。加講的。」

終於還是觸及了關於故鄉的話題，兄妹倆心裡各自琢磨著什麼，此時大提琴奏著的曲子正好播完，換曲之間，只有時間的秒速進行震耳欲聾。直到酒吧的門適時而叮叮噹噹地打開。

進來的人讓澤岸的臉刷一下變紅，又刷一下變白。

「書。」澤枝親密地叫她過來。

游雲書一邊綁頭髮，露出了白皙的頸與晶亮的耳環，一邊走向兄妹倆，再自然不過地在澤枝身邊坐下。她已卸了妝，顯見下班得比澤枝從容得多。

「啊，怎麼沒有幫我點！」

「我又不知道你幾點會到。」

雲書對酒保遠遠地說：「老樣子。」

「你們兩個是多常來啊！」澤岸勉強笑著，盡量讓這句話不帶太多譴責。他的雙腿不知何時已經重回地面，並且穿好了鞋。

「嘿，澤枝的哥哥。我今天是不是有看到你？但不太確定是不是，就沒有打招呼。」

雲書說得輕巧，澤岸在那一瞬間可是百轉千迴，玻璃心碎成片片。傷心的不是被無視而是那無言以對，明明眼神互相交換了，卻只剩下那種認識過的、禮貌的頷首，那種就什麼都沒有了的什麼。還不如一開始若是迴避掉，起碼顯現了某種虧欠或某種羞怯。

她明明認得他。然後她現在說一切只是因為她臉盲。

澤岸不願相信。不過他又怎麼會去爭執這些呢，他們的關係在此之前也只是澤枝的同學與澤枝的哥哥，話都沒說超過五句。雲書又哪會知道，十幾年以後，澤岸對於當初因為雲書而重新發現的事物仍有悸動：喜歡上一個人以後，那些在路邊原本不起眼的小事小玩意兒，從蜘蛛到琉璃烏龜到夾娃娃機，都有了全新的意義。

澤岸想責怪妹妹沒有事先預告，就讓外人加入他們的聚會，但他也不得不承認，他其實有點開心。當年雲書是外地轉學來的同學，白白淨淨秀秀氣氣的，轉學來的第一天澤岸就半為虛榮半為自己，假借各種名義叫澤枝幫忙打聽雲書的來歷。傳統上，北港Boys心中雖然只有一個女神，但是雲書是澤岸第一個覺得也配得上這個稱號的。

「欸，你的手。」雲書說。

澤岸這才注意到澤枝的手背上在微暗的包廂裡亮晶晶的。櫃姐手上花花綠綠的實在是再尋常不過的景象。今年專櫃新出的口紅色彩帶著微微的銀粉，澤枝在手上試畫給顧客看，每一道精準地介於一點五到兩公分之間，中間是顧客最早也是最後選的顏色，再尋常不過的紅，既不激進也不保守。

「你不覺得很美嗎，像是魚的鱗片，那我就是魚啦。」

「好啦好啦，美人魚。」雲書遞出溼紙巾給她，但澤枝一副捨不得卸掉的樣子。

「純粹是魚就好。」

「不想當人喔？」

「我沒想到你們是同事，看到你也嚇一跳。」澤岸的臉又紅了起來。

「不只是同事啊，我們還——」

「——合租了一層公寓啊，我以為我跟你講過？」她們倆接話接得如此完美，澤岸恍惚之間甚至分辨不出是誰在說話。雲書的酒都還沒來呢，他的酒量實是太差了。

3

北港，一個香火鼎盛的，理所當然由媽祖庇蔭一切的小鎮，但這裡像其他台灣的城鎮一樣，仍有其他信仰與無信仰的生存空間，有奉祀其他神明的大廟，佛教的禪寺，也有教會和天主堂。澤岸自小跟著家人拜媽祖，正殿偏殿各路神明，但有時仍覺得若是論媽祖信徒的信仰堅定程度，這其實是非常接近一神信仰的。澤岸家，至少到父親阿宏這輩，卻並不屬於媽祖的轎班，而是屬於虎爺會。

澤岸家的餅店從阿宏的爺爺，也就是澤岸的阿祖就開業了。俗話說，「虎爺咬錢來」，阿祖年輕時起初的確是抱著發財的心開始拜虎爺的。阿宏的父親則理所當然從出生起就是虎爺會一員，阿宏也是一樣。父親後來繼承了餅店，阿宏也是一樣。

在大部分的廟宇中，定位為「神之座騎」的虎將軍，多是似貓一般在神桌下不起眼地蹲踞。虎爺「吃炮」的習俗最早據說源自於北港。每年北港迎媽祖時不可錯過的好戲，就是炸轎，信徒會把鞭炮堆成小山，抬轎於其上，再從轎底開炸，炸得愈旺，來年的運勢也會愈旺——理想狀態是這樣。孩提時阿宏第一次見到爺爺扛著虎爺轎，穿著虎紋衣，頭綁黃布條，在遶境行列中踏著虎虎生風的腳步，在熊熊的炮火中黑黝黝的英姿，就嚮往著自己長大以後也要在這令人敬畏著迷的轎班裡面安身。

那天阿宏躲在他房間裡，面對一室媽祖與虎爺相關的紀念品、廟會衣帽，安靜地整理了一下午，直到麗華派澤岸去叫他吃晚餐。

「爸，食飯啊！」

阿宏指著兩大箱的紙箱，要他等垃圾車來去放資源回收。

「遮濟喔？哪雄雄攏無愛矣？」

澤岸往紙箱內看，裡頭裝滿了以前四界去進香拿回來的帽子、衣服、紀念品，有全台灣的香火。他拿起一個迷你媽祖神尊木雕把玩，這個小藝品跟爸爸的其他藏品一樣，未曾開光。

澤岸這才想起來，這一年來，爸爸好像沒有再去參加那些活動了。

阿宏站起來，拍拍褲管，說：「佮恁阿母講，我暗頓無愛食矣。」然後，阿宏就出門去了，一直到半夜一點多地震，都沒有回來，從人間徹底消失，幾乎只有那三個人在意他的不知所終，也只有三個人猜得到為什麼他要走。

4

電視上報導的失蹤人數一直不斷地減少，然後數字停止了。地震一年後，官方紀錄的失蹤人數，有幾個移過去死亡人數那邊，其中一個，是澤岸的爸爸阿宏。

麗華在阿宏失蹤一年後就聲請宣告死亡，有她的考量。

十二歲的澤枝不問麗華問澤岸：「宣告死亡就是確定爸爸死了嗎？」

澤岸為難地解釋：這就是個程序，一個人失蹤而且生死不明的話，經過七年後，就可以由法院宣告死亡，讓家屬處理後事，財產可以開始繼承、配偶可以再婚。

「媽媽要再婚？」

「不是這個意思啦……」

「不是才剛過一年？」

「九二一是特別災難。」

「可是。」澤枝沒有繼續說下去。

依家事事件法第九十七條準用非訟事件法之規定，繳納聲請費用新台幣一千元。麗華將聲請費的收據放在家裡的神明廳桌上。

「翁某一場，無論按怎，應該有的禮數，應該有的規矩，我逐項攏會幫他攢好勢。伊閣較按怎無負責任、放揀咱規家伙，和咱鬥陣的時陣，伊猶原是一个好爸爸，伊嘛會希望，過去的痛苦咱就共放袂記，代誌辦煞了後，咱的人生愛閣繼續行落去。知無？」見澤岸澤枝無反應，麗華再問一次：「知無？」

他們點頭。

澤岸知道，以後就當作爸爸死了，不然還能怎麼想呢，這人已經無去一年了。那年澤岸十五歲，他的眉毛跟爸爸長得一模一樣。

5

麗華真的把所有的禮儀都照做了。告別式的前一天，麗華也請來牽亡歌陣，開魂路引渡亡魂。在牽亡歌陣的歌舞中，家屬圍繞火盆沉默地燒著一疊又一疊的金紙。澤岸好友菜頭隨他的父親老陳出陣，兩人分別扮成紅頭仔與小旦，但此時兩個孩子彼此有著默契不相認。

對「健全的家庭」的想像，是從確認了「不健全」的那一刻開始的，一如澤岸此後對信仰的模糊懷疑。

新興葬儀社常直接要全部的人都穿黑衣，這是老陳最不能認同的，每每有機會就要跟家屬宣導一番，以正視聽，但此時此刻，看著顫巍巍的麗華一家人，剛到嘴邊要出口的關於披麻帶孝的歷史淵源和其中蘊含的長幼有序之理，也不得不先吞下去。

……

閻王殿前鬼門開，銅枷鐵鎖兩爿排，
善惡案前難分數，孽鏡分明掛高台，
冥陽救苦遍靈聖，天堂地府傳威名，
弟子一心三拜請，大願地藏出路行，

……

小時候澤枝曾在媽祖生的時陣妝過藝閣，大濃妝、穿古裝，從花車上散糖仔下來祝福所有人，道旁的看客像是錦鯉見到飼料，隨時準備好一湧而上爭搶，或是吆喝花車上的兒童們，企圖吸引他們的注意。澤枝以前也很愛看陣頭，但是牽亡歌陣跟她看過的陣頭不同款：他們搖搖擺擺，歌中帶舞，既悲且喜，熟悉又陌生。法師唱的歌，澤枝聽得懂五六成：他歌裡唱著亡魂要度過三十六關、十殿地獄，才能抵達極樂世界。路途遙遠，但是一首歌唱煞就完成了。爸爸真的死了嗎？現在在閻王殿前嗎？澤枝不敢問，澤枝感覺，這個時陣，袂當烏白講話。

她想著那些沒被接住、吃掉，而是被拋棄、遺漏在路面上的糖，經歷各種碾壓黏在地上，可憐而頑強。

「……佮恁阿母講，我暗頓無愛食矣……」

澤岸一直低著頭，身為長子，在喪禮有許多細節要隨人安排，澤岸的世界沒有一夕崩塌，而是進入一種真空凝滯的狀態，裡面的速度比外面慢很多，他感覺得到母親與妹妹也各人有各人的速度，不可觸及，自己顧好自己的安全，去理解阿爸的失蹤，阿爸的死亡，還有阿爸在他們心內的所在。「人生愛閣繼續行落去。知無？」媽媽說的。澤岸最後一次去查失蹤人數，數字停在二十九。還有很多代誌也都停下來了。

「食飯喔。」這麼簡單的一句話，澤岸從此不喜歡聽。它讓他想到「去叫你阿爸食飯。」還有後面的那句，爸爸留下的最後一句話。

過了很久以後，澤岸才體會到喪禮上的各種儀式，都是在處理家屬的悲傷，而母親也是真心希望大家能夠自由過下去，重新開始，才會把後事做得那麼周全，要兒女同齊演這齣大戲。只是他們還太年輕，不懂她彎彎曲曲的用心，沒有達到效果。而且，大地震過後，還有餘震會不斷地提醒你，讓你驚惶……

「……佮恁阿母講，我暗頓無愛食矣……」

什麼都沒有了。岸拎老師。

6

九二一大地震，又稱集集大地震，是一九九九年九月二十一日上午一時四十七分十

五．九秒發生於台灣中部山區的逆斷層型地震，震央位於北緯二十三．八五度、東經一二〇．八二度，處於南投縣集集鎮境內，震源深度約八公里，芮氏規模七．三。地震發生時，台灣全島都感受到這隻大隻地牛在翻身，翻身約一〇二秒，造成二四一五人死亡，二十九人失蹤，一一三〇五人受傷，五一七一一間房屋全倒，五三七六八間房屋半倒。二〇〇〇年九月二十一日，地震過了一年後，澤岸和澤枝頭一次參加喪禮。在未來許多不經意的時刻，他們仍會想起這天。

夫妻不相送，麗華不能跟澤岸、澤枝去火葬場，即使棺材內沒人，只有一套阿宏常穿的衫仔褲。

阿宏平常時不太講話，但是衫仔褲攏是很刺目的色彩，要說他風神也可以，但更像是他生成有淡薄仔反差萌。將棺材和衫仔褲火化時，澤岸和澤枝照規矩呼喊著阿爸，像是演一齣戲一樣，呼告也顯得空洞。他們確實是在演戲，因為他們都知道失蹤的阿爸，就算是死了，也不一定跟地震有關係。

在地震發生以前，麗華早就在問，你爸爸哪猶未轉來？在那個震動台灣的暗暝，他們還不知道父親會就此失蹤。正式通報失蹤之後，他們未曾討論過，但大概知道他為什麼要離開。他們也都很想這麼做，但他是唯一有行動的人。

7

即使父親只是法律定義上的死亡，澤岸仍聽母親麗華的命令，遵守守孝期間不能進廟的習俗。他站在街底看著朝天宮的廟埕，突然覺得，有什麼稀罕，不進去就不進去，反正祈禱是無效的。

人們可以用很多方式和神明交換條件，這是他自小就很熟悉的概念，但如果沒有說服自己非這麼做不可的理由，那麼就算有神相助，也沒有意義。沒有犧牲就什麼都得不到，這是等價交換。兒時被媽媽送去當媽祖契子這不是他能控制或收回的，但是這種母子關係的確認，如今只讓他覺得喘不過氣來。

那天虎爺會的長輩來餅店問麗華，澤岸若是不繼承阿宏在轎班的位置，還是該去跟虎爺報告說明一下自己的百般難處。澤岸看母親無力地又問了一次，你不是說那天阿宏說要退出了？阿宏若想退出，那澤岸或許還是不要加入吧。表面上雖然是可以選擇，但是你也知道這不是可以隨便答應。澤岸在旁邊不發一語地聽著。傳承是這樣一回事。

再一學期澤岸就高中畢業，他決定離這個讓他呼吸困難的地方越遠越好，也放棄向他暗戀著的女孩雲書告白。唯一讓他放不下的，當然是從小就與他感情親密的母親和妹妹，但是他說服自己翅膀長硬了是該獨立飛行，大家都走了，連爸爸都走了。

離家的那天，母親像是提醒他一樣地談起他兒時讓媽祖認為契子的儀式，他不是普通信徒，是媽祖的契子，有要遵守的諸多事情。母親拿起家裡過過爐的庫存香火，紅棉線掛上他的脖子，把香火袋放到他的襯衫口袋中，千叮嚀萬囑咐在北港有著就近的庇蔭不戴著也就算了，離家以後切切不可隨意離身。

澤岸順從地遵守著，他無法對母親啟齒說明他動搖的信仰。火車每往北一站，他就覺得身上的信心少了一些。他不曾忘記是在接近板橋站的時候他循著紅線握住了香火袋，然後把它收入行李箱內。到了台北以後，收藏在宿舍的抽屜裡，姑且暫時將這存在拋諸腦後。

火車貴又麻煩，澤岸很快學會搭客運，但每回返家前他總是記得要在進家門前配戴起來，算是對母親有個交代，母親也每回在離家前更換新的給他。

8

雲書一進門，就發現櫃子上的相框少了一個。那張澤枝明明很喜歡的全家福，雲書問過澤枝，那是在哪間廟前？她知道不是朝天宮。

「我媽常說，他的眉毛跟我爸爸長得一模一樣。你看是不是有點像。」

「我又沒看過你爸。」

「有看過照片啊。」

「你幹嘛把照片收起來。」

「噓。不要講這個。」

和雲書一起把澤岸扛上了沙發以後，澤枝滿身大汗在地板上坐下，豪邁地抽了一疊化妝棉，拿起卸妝油大搖一番。

「看到我哥，就會想起一些以為已經忘記的瑣事。大學有一次我陪朋友去鹿港龍山寺，她買了一組金紙和香，金紙先放在供桌上，拜完一輪把香插完，我們不想在廟裡乾等，就先去附近逛。」

「跟哪個朋友？我認識嗎？」

「等我們逛完，才想起來金紙還沒燒，回去廟裡，拿金紙到金爐那邊，才看到金爐已經關了，爐口旁寫著『下午五點關閉』，真的很準時，我們都以為金爐是二十四小時在燒的，真是太外行了。我們去廟裡服務處，找剛才賣我們金香的阿姨，問她金爐關了該怎麼辦，阿姨那時正拿著黑色大垃圾袋在收拾供桌上被其他香客遺忘的金紙，她說，」澤枝鄭重其事地停下來，製造一點懸疑感，接著才一邊做動作一邊說：「『來，擲入來就好，我來處理。』」

「噢！」

「是不是！當下腦中真是各種糾結你知道嗎！都在思考拜拜這整個行為的意義到底是為了什麼，但實際上大概只過了一秒，我就丟進去了。不然還能怎樣。」

「也是啦。」

「我只是突然發現說，我以為我沒有很在意這一套，就是隨著大家執行而已，但是突如其來的那種時候，就洩了底，我是說，我沒想到我還是有某種敬鬼神的殘餘觀念。」

「這也沒什麼大不了。」

「真的無神論者就不會這樣。」

「你已經夠無神論了。等一下，為什麼從你哥的眉毛可以聯想到這麼不相干的事情？」

「不是看到我哥的眉毛，是看到我哥啦。你部分代替全體喔。我只是要說，他會讓我想起來的瑣事是這種瑣事。甚至不是北港的事情。就一種宗教相關的經驗。」

「所以你是跟誰去鹿港的？」

澤枝自己的眉毛已經看不出原本的樣子了，而且每天早上會隨心情改變形狀。

澤枝對媽祖的「叛教」比澤岸進行得更加徹底激烈。可能是因為有年媽祖生，她與哥哥站久了腳痠靠在廟口石獅子身上時，只有她不斷地被路人、觀光客，甚至是母親糾正，不可以這樣，你是女生，這樣太沒禮貌了——只是隻石獅子，而且還是母獅（她事後氣不過特地查了），說是古蹟不可以靠都還沒讓人那麼不開心。接著又是初經來後發覺了生理期的種種宗教忌諱。媽祖也是女的，不是應該更體諒？可能是因為什麼她忘了的原因。到了後來對於原本喜愛的鞭炮啦、遶境啦，也開始振振有詞以環保之名加以批判。為了發洩這些沒來由的委屈，故意惹母親抓狂。當然，她跟阿宏的感情太好，父親離家，不幸降臨在青春期使得各種火大更加席捲而來。麗華總是說不過她，但澤枝當然也不真的曾因此得到什麼快樂和成就感。長大了，她也不像澤岸那樣會刻意避開台灣無所不在的各種宮廟，以免讓無用的自己想起些什麼，而是直接正面面對後，無視它們。

「哥哥拋棄大家，自己去外面的花花世界。」澤枝看著澤岸的眉毛，想著另一人。

9

阿宏一路上都興致盎然地開著車，在澤岸國中畢業、澤枝國小畢業的這個暑假，他開車帶著一家人去代天府玩。代天府在台灣廟宇中占地廣大與建築華麗，雖不是首屈一指，也算是赫赫有名。剛過中午，太陽還很刺目，趁著有一片雲飄過遮住了陽光，阿宏請別的觀光客幫忙拍了一張在代天府前的全家合照，那還是底片相機的時代。

這次的家族旅遊真正的目標是代天府幾年前蓋好的特殊觀光景點「十八地獄」。其實代天府也斥資重金蓋了一座在龍肚子裡的天堂，但不管什麼宗教，天堂想必是沒什麼意思的，參觀完地獄以後再隨便看看便得了。阿宏期待的是一座可以探險的樂園，一群人一起到一個陌生奇異的地方，還有海盜船和藏寶圖什麼的，留下美好回憶、促進彼此感情的過程中，還解決了所有人生問題，像《七寶奇謀》那樣。這部老片有陣子常在電視上重播，他在店裡邊賣餅也就邊看了很多次。

一行人參拜代天府五府千歲後，抵達「十八地獄」門口。難得出遊，麗華和澤岸心情也很好，澤岸甚至還吹起口哨。只有澤枝這個難以取悅的孩子臭著一張臉，但阿宏知道她不是生氣，而是對地獄感到害怕。

「這個聽說有很多很厲害的機關，是最新科技喔。」阿宏試著鼓勵澤枝。

麗華輕聲對阿宏說，「澤枝八字較輕，這內底烏烏暗暗，凡勢會有啥歹物仔。我看，也是莫入去好矣，阮佇外口等恁。」

「欸，不要掃興好不好，都來了才這樣。」澤岸有點不開心了。

澤枝也不是那麼不識相的人，只是這裡真的讓她渾身不舒服。「我自己在外面就好了，你們進去，沒關係。」

「你一个查某囡仔在外口，這閣是生份所在，我無放心啦。」

「拜託這裡是廟欸，還在地獄的門口，台灣人有那麼壞嗎？我不是小孩子了，不會有事啦。」澤枝拿走阿宏手上的錢，幫他們買票。下地獄也是要看門票的，大人四十小孩二十，三人一共一百二十元。澤枝推著三人往地獄去，「不然我去大殿等好了，那裡總安全了吧。」

「那你不要亂跑喔。我們只逛地獄，不逛天堂，很快就去找你。」

澤枝目送他們離開，心裡感謝家人們不強迫她。

10

大學畢業當完兵以後，澤岸偶然間因為一個對菜頭耍嘴皮的影片成為一個小有名氣的YouTuber，靠著點閱率和業配竟然真的勉強可在台北維持生活。

澤岸的影片日趨精緻，言語中混雜著的垃圾比例也緩緩地升高，這是他以YouTuber為業後的第三年。

「〈嫁妝一牛車〉這篇小說收錄於《嫁妝一牛車》這本書裡面，這是一種主打歌兼專輯名稱的概念，不是同名專輯喔！這個要分清楚……」

他盡量不讓說多不多說少不少的觀眾們感覺到他的厭倦。他讓自己心裡去想著別的事情。

想想雲書好了。那段在酒吧見到的時間，他只記得她進門的那一刻，之後都模模糊糊的，隔天醒來她已經去上班了，澤枝為了哥哥，有情有義地多請了半天的假，澤岸聽說過百貨業的各種壓榨，對澤枝的虧欠感更強了。

「修伯特就是舒伯特，就是那個音樂家。『生命中總有連修伯特都無言以對的時刻。』我看到這句話的時候跟你想的一樣：所以他對大部分的事情意見都很多嗎？無論如何，現在他的音樂在我背景已經播放了一分鐘……岸拎老師！」澤岸按下停止鍵。自己也受不了自己說的廢話。

「至少不是直播嘛。」菜頭拍拍他的肩膀，確實是太糟了，連菜頭都無法為了安慰他而自欺說出「不錯啊。」

「我覺得你就是單純是在撞牆期啦。做哪行都會這樣的，不是你江郎才盡。」雖然菜頭也是跳牽亡陣第三年才轉而學琴，但現在這麼說只是火上加油。

菜頭這次來淡水是為了參加獨立樂團比賽，顯靈順利得了獎，澤岸除了拗他一頓好料，還想讓他一起入鏡，作為當年成名影片的六週年紀念，沒想到耗了一下午，越錄越失敗。

菜頭轉而嘲笑他企圖逗他開心：「啊，我知啊！你敢是咧想妹仔？我覺得你不太專心。」

澤岸裝作沒聽到，把腳架轉了方向。

「先錄你好了，我再後製就好，不然怕你陪我錄到天亮。」

菜頭與同世代的人一樣，在鏡頭前面很自在放鬆，加上又經常四處表演，沒花什麼功夫就拍攝完畢：以北港 Boy 的尊榮頭銜自我介紹後，自彈自唱了木吉他版本的自創曲〈嫁妝一牛車〉，接著說明他是怎樣偶然讀到原作並受其啟發寫下這首歌，最後誠心歡迎大家過年來北港朝天宮參拜，也可以到工作室找他玩。

一氣呵成，連澤岸都心動了。

「岸拎老師！太帥了吧菜頭，我現在跟你學彈吉他還來得及嗎？」澤岸喧譁著掩飾自己的惶恐。若是這件事人人都可做，那他放棄了那麼多來從事的意義是什麼？他那麼大費唇舌地說服麗華讓他做這無法預知未來發展的工作，要是失敗了怎麼交代，連最疼愛他的母親，都被他給辜負了。

「你為怎樣一定愛拖到過年才轉去？你做這 YouTuber，就算蹛北港嘛無差啊。」菜頭敲著邊鼓，他對澤岸的能力和創意很了解，若是能回北港一起為故鄉打拚，絕對是有好無壞的。

生命中總有連修伯特都無言以對的時刻。

好半晌，澤岸才說：「有啦，我有咧考慮。這擺轉去，嘛會蹛較久。頂禮拜有佮阮小妹小參詳過。但是你先莫共阮母仔講。」

菜頭簡直要代替麗華親他。

11

雲書動念想離職很久了，畢竟櫃姐不是人幹的工作，要不是……。只能推給宿命了，那次宿命的重逢。

兩年前，菜鳥櫃姐澤枝剛上班一週，周圍都是打不進的堅固小圈圈，憑著菸癮的直覺引導，尋到了百貨公司後面防火巷櫃姐的小天地，正好遇到已站成所謂「冰櫃」的雲書，臭臉蹲著抽菸思考人類，特別是奧客，存在的意義和本質。煙霧瀰漫，疲憊的沉默中只有紅色的光點此起彼落地明明暗暗。黑著臉的櫃姐們不同品牌的粉香，混著吞吐出來的不同品牌的菸味。

小神壇似的，澤枝仍舊會有這樣直接的聯想，再怎麼叛逆還是北港來的。

澤枝的打火機一直點不著，雲書聽了煩躁，伸手遞出自己新買不久的借她。

剛拿到打火機的時候，澤枝還以為是打火機浮誇的金屬雕花，但馬上從重量反應過來只是塑膠上頭貼了有立體刻痕的貼紙，圖案是一隻蜥蜴。這系列的打火機以黑色貼紙為底，以金銀線條為飾，相當搶眼，便利商店買的，一支四十五元。

在打火機的微光下，澤枝認出了粉面雲書。卻是雲書先喊了她。

「阿枝！」

澤枝的出現是三個月來唯一讓雲書笑的理由。當年還是雲書教她抽的菸，這下子好像不罩她一下都不行了是不是，至少等澤枝痛苦的站櫃痛苦生涯上痛苦軌道之類的，之後再走好了，基本的朋友義氣。

後來雲書告訴澤枝，她認為那打火機就是自己整個人生的象徵，華而不實，充其量是一支很貴的便宜打火機。

澤枝要走了那支打火機，一直小心留著，說是重逢的紀念物。即使已過了這麼久，瓦斯也早已用盡。每當心情不好的時候，她就會把打火機拿出來摸一摸把玩一番，像是現在。雲書看到澤枝這樣，不用問就知道，那是因為要過年了。

但今年會是特別的一年，雲書有這樣的預感。

12

「肢斷軀殘，散落各地。」記者用了這樣的字眼來形容。

晚上在麵店吃麵的時候，澤岸不經意看到了故鄉的新聞，差點把手上筷子給掉了。工程車將巨型的順風耳塑像推倒，順風耳的頭部撞擊一旁大橋的護欄後碎裂，暴露出內部的高密度保麗龍，白色的保麗龍在仍陰暗的天象下卻亮得刺眼。

若倒下的是媽祖文化大樓上那巨無霸媽祖石像……澤岸想像了一下，起了一身雞皮疙瘩，不知是為了信仰崩塌的問題，還是人命的問題。

這兩座塑像要從北港花燈說起。元宵燈會是北港固有傳統，雖曾一度式微，但近年復振，越見盛大，與年節進香結合，讓北港過年的人潮更加水洩不通，千里眼、順風耳就是在二〇一二年龍年燈會時登場的。順風耳的天耳通能聽極遠方音聲，千里眼的天眼通能見極遠方事物，祂們是以其無遠弗屆的神通，為媽祖察聽世情的兩大駕前護衛。

朝天宮打造的這兩座連台座共高約二十公尺巨型將軍花燈，矗立在北港觀光大橋兩側，用保麗龍輕材製作，身上彩色燈泡閃爍纏繞，造型相當傳統尋常，遵守著千里眼、順風耳的既定形象，順風耳左手持戟，右手指著耳朵作聽聲音的姿態，設色為藍；千里眼左手持斧，右手舉至額前做遠眺的動作，設色為紅。

有千里眼、順風耳，當然不可能沒有媽祖，澤岸猛然想起，還有一座媽祖主題花燈。在電音重拍中，媽祖燈緩緩自轉，台座以金光十八條射向水面，印象中，媽祖本身沒有發光，但這是可能的嗎？燈會結束後，媽祖主燈不曉得如今收到哪裡去了，在橋邊只留下兩名護衛做那年龍年的見證，迎接觀光客與住民的進入。

蘇迪勒颱風過境，強風吹倒了千里眼塑像。千里眼從台座上摔落，支離破碎，粉身碎骨，而另一側的順風耳也鬆脫傾斜。基於安全考量，北港朝天宮決議將順風耳一併拆除。澤岸在麵店看見的便是順風耳的終結。千里眼和順風耳並不是什麼珍貴的童年記憶，事實上，從北港朝天宮為迎接龍年燈會，到受蘇迪勒摧殘倒下為止，塑像們只存在了短短不到四年，剛好是澤岸離家求學與工作的期間。澤岸回家後搜尋了影片又慢速重播看了無數次，他覺得好不可思議。

「雖然是保麗龍做的，但倒下時的力道，仍足以拖倒一根電線桿呢。停電了啦幹。」菜頭傳來這樣的訊息。

不受祭拜，沒有開光，「裡面沒有神」，所謂護衛北港也只是一種美好想像或象徵啊。澤岸已讀不回他。

13

雲書記得很清楚，那是她買了新機車的那天。被阿枝念太奢華享受，於是油門一催是打算一夜不歸。

電動機車的油門叫加電轉把。

Fancy 而貓步般無聲的電動機車，同時具備高調與低調的特質，明明是這麼理想的禮物，還沒開口說明，就被澆了冷水。那我他媽就自己享用了。沒有聲音的車真他媽不習慣。吹了十分鐘的寒風到底他媽為什麼。氣死老娘了幹。

在便利商店買了熱咖啡，雲書到外面的露天座椅抽菸，繼續生悶氣。半晌才因為聽到窸窸窣窣的聲音，察覺到在離她不到一個手肘之外的陰暗處地面上，有一流浪漢躺著不知道多久了，簡直差點就會踩到他，那聲音是他感冒了正在吸著鼻水。雲書被他嚇了一跳，但也隨即意識到是自己先靠近了他，而不是反過來。她憶起常在附近見到這流浪漢在翻找路邊物件的身形，距離這麼近倒是頭一次。

就在便利商店大放光明的咫尺之外便利與光明都不可觸及的這個地方，雲書與流浪漢保持著各自的姿態。菸頭有節奏而微弱地燃燒著，而吸鼻水的聲音竟也漸漸找到同步的切入點。

就這樣直到菸抽完。

雲書拿起咖啡又放下，拿起手機又放下，想站起來，又決定坐著，最後點了第二支菸。

其實沒那麼冷，剛才可能也不需要那麼生氣。不過晚上還是先去看場電影好了，太快回去顯得自己很沒價值的樣子。第二支菸完以前想的是這些。

雲書快速喝完微溫的洗碗水，用手機查了電影時刻，然後站起來。

雲書又進了便利商店，速速買了關東煮，到流浪漢身邊蹲下：「阿伯，這予你食，食燒的看會感覺較爽快無。」頭頂那黃綠螢光的選舉破帽讓他大部分的臉都顯得陰暗。

「這馬藥局攏關去矣，我明仔載去買藥仔來予你好無？」

流浪漢坐起，不語，伸手接過關東煮，雲書注意到他的手指雖然沒有什麼肉而且又粗又髒，但仍非常修長好看。她在椅子上復又盤腿坐下，離午夜場還有一段時間，她覺得好像有線索正在發生，只是她還不曉得謎題是什麼。

「阿伯，你敢想欲去看電影？」

流浪漢邊喝湯邊抬頭，看著她的眼神之遙遠像來自另一個星系，但仍發著小小的光亮。

「阿伯，」雲書又問了一次，「你敢想欲去看電影？我會當——阿伯你欲去佗位！」

流浪漢拋下他地上的紙板，心想今夜暫且離開這個會被奇怪女人騷擾的地方好了，有時候是會遇到這類過度熱心人士。

雲書一個箭步追過去擋在流浪漢前面，假裝在過程中不小心揮掉了他的帽子，流浪漢的臉完全顯露出來，他皺著眉頭，困惑於雲書一連串的糾纏，幾乎要害怕了起來。

「阿伯，你莫走，先聽我講。」雲書對著那道眉毛，現在有了九成的把握。「我是曾澤枝的朋友。」

流浪漢從身體的最深最深處開始一陣滾燙，瞬間指尖就冒起了汗，眼前卻是萬花筒似地天旋地轉接著一片漆黑。他控制自己的表情，試圖不讓雲書發覺他的異樣，緩了一下呼吸，瞪大此刻什麼都看不到的眼睛，想起雲書在他面前，於是轉了一百八十度直直往前走，他的耳邊有一萬隻蟬在吶喊，只能微微聽見雲書又跟上來模糊地說著話。阿宏手裡緊緊抓著關東煮他覺得這一生就是這個時候絕對不能把它給灑了。

「——恁曾澤岸我嘛熟似。恁毋但目眉相像爾爾。」她說。

14

聖誕夜，百貨公司請來的樂團在廣場上表演，一字一句傳到澤枝站的專櫃。

「有一天，世界被大水淹沒……」

「一尊木製的土地公從幾乎被滅頂的廟裡漂出，薰黑的臉孔、講究的頭冠與外袍，是曾經香火鼎盛的證明。這裡已經不再有人類的蹤影，如今無人奉祀，土地公感嘆自己與孤魂野鬼沒有什麼不同。土地公聽見從水中傳來了這首歡快的牽亡歌〈遊花園〉，也許這是來自一台破唱機破音響、也可能是亡魂們 party 的回音。」

正月好花是瑞香，兩爿兩蕊是香蓉，請神梗花花會勇，誠心欲請註生娘。
二月好花是茉莉，兩爿兩蕊滾黃墘，請神梗花花會展，信女得子在現年。
三月好花是牡丹，兩爿兩蕊雞跤蘭，請神梗花花會展，信女得子在現年。
四月好花是含笑，兩爿兩蕊是蓮蕉，請神梗花共換條，信女得子看冬頭。
五月好花是雞髻，兩爿兩蕊圓仔花，兩蕊圓花開相對，欲請花婆來巡花。
六月好花鷹爪桃，兩爿兩蕊水仙波，請神梗花花會好，欲請花公佮花婆。
七月好花是水仙，兩爿兩蕊倒吊蓮，請神梗花花會現，信女得子在現年。
八月好花是馬蹄，兩爿兩蕊是梅花，兩蕊梅花開相對，信女得子在現胎。
九月好花是芙蓉，兩蕊白菊在中央，女是屬陰男屬陽，欲請花婆佮花公。
十月好花是梅花，兩爿兩蕊是荷花，兩蕊荷花開相對，信女得子一時間。
十一好花是五味，兩蕊好花在身邊，信女愛囝來相見，好花好蕊來相添。

十二好花是水梨，水梨見開開雙叉，長男次男登隨下，根基領足來投胎。

菜頭對著不以為意的行人們長篇大論，他的 talking 比唱歌還要囉嗦。他說：「唱著十二月的花名，並順勢祈禱神明保佑亡魂投胎、家屬多子多孫。土地公也曾護佑數個家族的興旺。聽見歌曲的祈求與召喚，土地公試著往聲音的來源潛入，一陣風卻讓祂越漂越遠，越漂越遠。漸漸地，祂看不見自己的家了，也聽不清楚歌聲……放眼望去，只有人類的各種破敗殘缺的遺跡。廢棄的建物佇立在水中，有紅磚的民宅、有塭寮、有灰泥碉堡、有墳墓，土地公知道它們各自的故事。台灣味的生活線索，證明台灣、台灣人曾經存在過。土地公也從起先的驚慌，轉為平靜，祂注意到天空雲彩與水面波光，產生微妙模糊的動感，人類退場了而美麗的花朵在水中載浮載沉，有開有落，有生機的同時也有凋零，於是神靈拋棄木雕的金身，神像也就此沉默／沉沒。」

澤枝偷偷拉著雲書走向廣場，臨時搭建的舞台下，刺骨的寒風中，群眾稀稀落落倒像是路過，澤枝向顯靈樂團尖叫後大力揮手：「菜頭！菜頭好帥！」

「我爸的喪禮是他家幫忙辦的，那時他爸爸也有唱這首歌。」澤枝對雲書說，沒看到雲書眼神裡一閃而過的心虛。

15

要過年了。

斗南、虎尾、土庫、元長，每一站都有人下車。

澤岸不會對任何人承認，但在他終於決定辭掉原本正職的每天夜裡，他都會在電腦關機前打開線上求籤的網站，對著螢幕前的媽祖玉照報上姓名住址生辰，詢問從事專職YouTuber的不荒謬性。求到的靈籤，凡是不吉的，他就不相信。

但也沒有人知道，不在北港的時陣，他總是把媽祖當作他母親的分靈，以解思親之苦，有時他寂寞，就會步入媽祖廟內。但他仍死守一道自畫的底線：「問問題，不許願。」連香都不拿，只是合掌默念。

阻止他太頻繁到訪的，則是在廟裡垂眼低頭就會看到的，香案下不同姿態但各有各的可愛的虎爺，那會讓澤岸想起父親、他曾有的收藏，以及他的（不）告別。

北港站快到了，已經入夜，客運內的日光燈劈里啪啦地亮起來想溫柔友善地吵醒遊子們。北港的熱鬧在過年前夕就已經開始醞釀。

澤岸下了車，聞到了淡淡的鞭炮餘燼的味道，他往朝天宮的方向看過去，當然看不到它。

麗華早就在等他了，客運車子一到站，麗華就發動了老爺機車。那台機車是因環保標準提高已停產的小五十，翻來覆去不知修過多少次了，掛著如今少見的、綠底白字牌照，車牌號碼 BYE-651。機車是（假設已逝）父親的遺物之一，澤岸長大後強烈認為那車牌是媽祖在跟他的人生開玩笑：北港的郵遞區號六五一。

「電火無開。」澤岸提醒麗華。

「毋是無開，是歹去啊。」

「哪毋去修理？按呢足危險。」

「有修理啊，但是騎過路頂一个落窩，著閣化去啊。」

「緊換車啦。」兩人也不戴安全帽，就這樣一路騎往朝天宮。

「好啦。你欲轉去拜一下無？講你轉來矣。」雖然這麼問，但已經開始停車，「我佇遮等，你慢慢仔來著好。」

澤岸突然想起來，香火袋放在台北忘記帶回來了，但也馬上想好了兩套可以應付麗華的謊言，於是堂堂正正地邁進小小的石板鋪成的廟埕。

晚上是澤岸偏愛的朝天宮時間，比較少香客，比較涼快，也比較安靜。澤岸以一種客套的態度向媽祖報告了自己的回歸。朝天宮沒變太多。那台用悠遊卡就可以捐錢的機器已經不再讓澤岸那麼反感，菜頭說這樣香油錢的收入比較透明，這個理由足以說服他。幾個顯然是外地人的年輕男女正吱吱喳喳圍著它嘗鮮，「玩捐錢」。

澤岸惦記著的是存在於殿內多年但他未曾正眼看過的那塊石碑，他心心念念著這次回北港一定要來見證一下，「止兀の碑」：傳說中那位前立法委員的名字是從碑文上來的，「大正元年」，澤岸拍下特寫。搞不好可以拿來岸拎老師做一集節目。

他沒忘記麗華還在外頭等他，拍完了便快步往外移動，不想被那群捐錢男女其中一個少年叫住：「請問你是岸拎老師嗎？我超愛看你的影片的！」他們在「止兀の碑」前留下合影，澤岸推薦他們去吃私房小吃店，並答應他們將來會做一集北港特集，在廟口互道再見。

「拄著你熟似的人喔？」

「無啦。」

「閣講無。」

「我的觀眾朋友啦。」

「有影抑無影。」

快到家了，澤岸要麗華繞去林默娘塗鴉牆。塗鴉牆位在轉彎處，十分顯眼。

「暗時看較無。菜頭有說咧考慮欲裝電火共照。遮暗你敢有看著兩位將軍？」

「有啊。是講這媽祖哪會遮爾少年。」

「伊以早嘛做過少女啊。」

「菜頭講『風雨免朝』是你想的？」

「我清彩講講爾爾，是伊有心啦。」

看夠了，母子終於回到了家，麗華裝出自然的語氣問：「你小妹有欲轉來無？」

「我無問呢，伊哪有可能無欲轉來。」

「無的確啊！百貨公司初二就開市。」

「你攏有咧注意喔？」

麗華沉默不語。

過年的北港人潮是商家的重大財源，澤岸家的餅鋪在參拜民眾步行範圍以內，都會在過年前早早跟郊區的工廠叫貨，好在過年時賺一票，從小澤岸和澤枝在過年期間就得幫著家裡的生意，即使到了長大出外讀書工作，年假回家理所當然不可能放媽媽辛苦自己在一旁翹著二郎腿，澤岸有著根深柢固的不能忘本、不能辜負麗華的觀念；不羈的澤枝貌似隨時可能拋棄北港老家去放假甚至留在嘉義工作賺加班費，但每年她也還是默默背著小背包在小年夜準時而體面地出現。澤岸猜不出麗華今年有什麼特別原因要這麼問，或許他們家族的情感維繫比想像的還要脆弱艱難。

16

往下走入地獄的路上，有色彩斑斕的壁畫，畫著青面獠牙的鬼差神將驅趕著穿著現代服飾的人們往前走，在麗華看來，自己也是其中的一分子似的。燈光逐漸昏暗，牛頭馬面不意外地是在旅程起點迎接他們的第一對角色，倒不特別嚇人，馬面更像是兒童樂園裡旋轉木馬的頭被錯接在人偶上，說親切是也不至於，但確實形成一種怪趣，麗華感覺到阿宏開始有一點失望的情緒，但他本來就有著錯誤期待吧，這麼大的人了，出來玩還是像個兒童，還要想辦法安撫他別讓他自尊受挫。麗華催促他們快點過奈何橋，一邊稱讚地獄的氣派。澤岸嘻嘻哈哈地指著血池說，裡面有屍體欸。

進入第一地獄，機關突然開始轉動，人偶在軌道上卡卡地移動，喇叭放送出台語發音的台詞，另一群遊客的女孩小小驚叫了一聲，沒料到這裡設有感應的裝備。第一地獄主生前罪孽深重發配受刑，打入各殿受應得之刑罰，還算溫和，接下來各殿便是各種具象化的處刑：石輪碾磨、炮烙、挖眼、下油鍋、石錐穿心、狗吃蛇咬……眼花撩亂，哀聲遍野，十幾種差異不太大的罪名與獵奇的刑罰到後來多多少少感到有完沒完，分不出哪樣更殘忍，哪個罪行更嚴重了，或許是沒犯上這些罪，有些事不關己，前幾殿還算細看，到後來一行人很有默契地一起加快了腳步，沒忘了澤枝還在外頭，還頗羨慕她的遠見。

第十八殿：飲孟婆湯之後，領憑證受胎轉世，經輪迴出生。

出了地獄，（並不）恍如隔世，阿宏嘴硬不承認失策，一個勁兒說好玩，昂揚著精神。澤岸放肆地笑著也很得到樂趣，雖然大半是嘲笑的意味。麗華覺得大家沒有不愉快就很好。

他們回到了代天府正殿，沒見到澤枝的蹤影。

17

虎爺吃炮，炸彈爆發似的蕈狀雲，是辨認虎爺轎班方位的最快方法。

澤枝熟門熟路，在虎爺轎班的尾隨隊伍中找到了澤岸。澤岸的臉被煙薰得黑黑的，衣服跟轎班的人比起來也不遑多讓地黑。澤枝看見的澤岸酷似父親當年的模樣，但是沒有父親那種虔信的神采飛揚，只有茫然的跟從，她想喊哥哥的名字，卻哽咽地喊不出聲。又一陣轟轟烈烈的炸轎，澤枝失去了澤岸的蹤跡。

久沒做夢了。

年初二，澤枝被炮聲吵醒。還有時間睡覺和做夢要知足，曾家餅鋪至少不是開在財神廟街上，那些店面過年要二十四小時輪班營業，連年夜飯都要有人從家裡送去給可憐的顧店仔。打斷那場不愉快的夢境也好，澤枝思索夢中看見的是哥哥的心事，還是自己的心事。大約還是自己的心事多一些。

回到家以後跟母親與哥哥都沒說到什麼話，母親也就罷了，忙裡忙外的，順理成章把沒有話講包裝成貼心地不打擾彼此。澤岸不知道也跟著瞎忙什麼意思的，莫非當真要繼承家業了？最好他受得了這一切。澤枝自認是不孝的女兒，因為她是不耐煩的，對故鄉無愛的，而且還是不信神的，包括朝天宮媽祖——特別是朝天宮媽祖——也不信的，那種不信。

澤枝早就不再怪罪麗華了，彼此的裂痕其實也不是那麼天大地大難以修補的吧，只是很難找到一個向母親表達的機會，一年就在過年時行禮如儀見這麼一次面，有時覺得已經是不熟的兩人了，每天對在百貨公司接待的客人說的話都多得多。今年業績不錯，除夕給母親包了一包大紅包，母親這回終於不再推辭拒收了，但這是友善的意思還是她開始認老了呢？到了初二還是判斷不出來。

麗華跟澤枝一樣情感蜿蜒。

澤枝這幾天散發著想說話的電波，麗華很接收到，她固然樂意與陌生的女兒展開和解，身體卻總是不由自主地想掙脫那股善意電波發射的範圍，所有人類行為都是有動機的，而她對於來路不明有生理上的排斥。麗華在逃避什麼自己也不懂，總覺得好不容易構築的安全的防護罩要被打開了，明明是那麼指望她和澤岸回來的。

說到澤岸。鄰居親戚們聽說了澤岸新潮的工作：跟影像相關的一般來說賺不了錢的行業。相聚時不免或恭維或碎嘴一番。原本放任兒女任意發展的麗華聽多了也終於開始煩惱起來，餅鋪的生意隨著時代與少子化問題漸走下坡，麗華有意無意試探澤岸接班問題，不出所料，大過年的碰了個軟釘子，「曾家餅鋪姓的是曾……」她說到這，澤岸就嚴肅起來，不准她說下去，說什麼曾家餅鋪照道理早就根本不應該姓曾，他不懂麗華在乎的不是在這個點上，若用菜頭教她的潮流用語來形容，她此時覺得心累。

種種原因，天還沒亮她就離家去店裡乾坐，隱約盼望菜頭會來陪她聊天轉移注意力。但菜頭還在睡著。稍後他會陪著他自己的阿母回外婆家，整個過年期間沒有任何到餅鋪去晃悠的規畫，澤岸不是回來了麼，自己的阿母自己顧喔。

澤岸被吵醒澤枝的同一陣炮聲驚醒後賴床又睡一輪，直到聞到烤吐司和咖啡的香味，那是妹妹的都市味道，他很清楚也習慣也喜歡，而這多半表示媽媽已經出門。基於一種沒來由的對妹妹的客套，他在進到餐廳前一路上發出一些提示的聲響，如果妹妹沒有離開，那他們就一起吃早餐。

澤枝為澤岸烤了吐司也泡了咖啡，放在自己的對面：「早安。」

「不要露出那種櫃姐專業微笑好ㄇ，好像有什麼不良意圖，」澤岸坐下，拿起吐司咬了一口：「謝謝。為什麼我覺得你是在等我？我有誤會嗎？」

「我還以為你發出那些聲音是在說你也要吃，快幫你準備好。」

「最好是啦。」

「反正不是我準備，就是媽準備。」

「烤吐司泡咖啡我也會好嗎。我住外面也是自己來啊。我只是比你們晚起一點點。都是家人嘛不要計較。」最後這一句澤岸說得很輕。

澤岸停了一拍才再繼續：「媽已經去店裡了噢？」

「我沒有計較啊。嗯。」

「游雲書沒有跟你一起回來喔？」

「那麼關心，想追嗎？」

「沒有啊，因為你們不是住在一起？」

「她家人早就不在北港了。」

「我哪知。那他們搬去哪？」

「那麼關心，想追嗎？」

「我不問了好唄。」

「還喜歡人家喔？上次你一見到她就臉紅了。」

「屁啦哪有！」

「好了不能再這樣下去，正事都不講。」澤枝正色道。

「不是都是你在抬槓嗎？」

「我在緩和氣氛。」

「結果搞得更尷尬了。」

「不要跟我應喙應舌。」

「我是哥哥欸，應喙應舌的是你吧。」

「我們兄妹的感情應該沒有太差才對。我們太少見面讓我有這種錯覺。以後你多來找我不行嗎？像上次那樣。但是不要再喝醉了。」

「你到底想說什麼，快講啦，快點切入重點。」

澤枝已喝完咖啡，但雙手仍捧著咖啡杯取暖，「書——游雲書——跟我在一起，你死了這條心吧。」

「ㄏㄚˊ？ㄏㄚˊ？你在跟我出櫃嗎？」

「嗯。」

「ㄏㄟˊ？」

「不要再ㄏㄟˊ啊ㄏㄚˊ的了，大驚小怪，很沒禮貌。」

「ㄏ——我是說，你就算了，雲書？真的假的！早說啊！媽知道嗎？」

「哪一部分？不知道。」

「你要跟她說嗎？」

「先不要，」澤枝放下杯子，「但總有一天。」

「你現在跟我說這些的意思是？」

「想講就講了。」

澤岸的臉色跟著兩人沉默也漸漸沉了下來，垂下肩膀，他盯著自己的咖啡杯。

「可是你是因為……你是因為……才變成同志嗎？」

「拜託你不要講這麼反ㄓ……」澤枝收拾一下情緒，改口直接回答：「不是。我在那件事發生之前，就喜歡女生了。」

「那就好。」澤岸的臉稍微明亮了一點。「可以說『那就好』嗎？雖然沒什麼好不好的。簡直爛透了，爛透了。」澤岸紅了眼眶，一口氣差點轉不過來，示意澤枝不要插嘴，好半晌才勉強自己說下去：「我不知道我在講什麼為什麼要那樣想，我希望我剛才沒有問是不是因為……是不是因為那件事。雲書很好。雲書很好。我要吃醋了。祝你們幸福。」

澤枝握住澤岸的手，兩人的手都冷冰冰的：「你應該問，為什麼不問？你打破了禁忌，總是要有人打破的。我們全家整整十八年不肯提這件事。就連爸爸離家出走，我們也不承認是這個原因。於是我們連他也盡量不提了。」

澤岸把手抽走，「不要這樣說……」

「這是事實。幹。我終於說出口了。」澤枝把頭往後仰，伸懶腰似地，整個身體虛脫在椅背上。

於是，澤岸與澤枝兩人，在成年後第一次認真談起了父親。

18

那一晚，發現阿宏想逃卻動不了的時候，雲書就直覺，這件事恐怕沒有辦法馬上有個美滿的大團圓結局。她扶著阿宏在便利商店外坐下，直到確認阿宏可以聽見她後，便對他承諾，不會不問他的意見就向他的家人洩漏他的行蹤。當然，阿宏要是不相信，雲書也沒有辦法，但她並不打算要破壞他原本的狀態，這一切可能是偶然，可能是命定，但絕非預謀。「無的確是媽祖婆抑是虎爺公佇咧暗中指引，咱才會佇遮相拄。」雲書試探性地提起媽祖，她多多少少聽澤枝說過阿宏過去的信仰與轎班背景。

阿宏已緩過一口氣，繼續吸著鼻子，聞到了一點點雲書身上那種特屬於百貨公司的香味。像個被抓到玩到忘記回家的小男孩般，阿宏低著頭，一下子清理略長的指甲縫裡的黑色髒汙，一下子撕撥著手指尖的粗皮，一點也不像兩個孩子都已經成年的父親。

雲書心想澤枝的父親會不會更接近是她經年累月所想像出來的理想形象，說不定不見面真的是更好的選擇，這實在是有點棘手了。

「我快共你攪擾，但是你若有啥物需要，我平常時佇彼間百貨公司食頭路。」她沒有說澤枝也是。雲書指著一望即可見的百貨公司大樓，過了五秒後大樓頂樓的招牌燈正好熄滅。雲書猶豫著是否該繼續打探阿宏的現況，決定賭一把，不要打草驚蛇，瀟灑轉身，頭也不回地離開。

19

在那個年歲，澤枝當然還不明白天堂無趣的道理。在她的想像中，那大概是個亮亮的、安全的地方。老爸老媽老哥下地獄以後，澤枝本該往代天府正殿過去，按照承諾乖乖守候，但手裡還有四十元，媽媽剛才說不買門票那就去買些吃的喝的吧。

天堂一樣是大人四十，小孩二十。

爬上樓梯，戍守南天門的是紅面的孫悟空，英武挺拔，絲毫不見一絲淘氣。參拜玉皇大帝是天堂十景之首景，第二景則是天堂資格審核，接下來有穿著古裝的仙人仙女獻歌獻舞陪下棋陪聽音樂陪吃飯，特別是老仙們在樹下石桌聊天一景著實像似寶島人間，大致上是這個悠閒輕鬆而有節制的享樂模樣，算是很純潔了，也就是，無聊。澤枝約略體會到為什麼地獄人多、天堂人少。人偶群中有穿著褐色西裝和褐色洋裝的男女現代人各一，特別顯眼，出現在不同的場景中，澤枝估計他們就是觀眾代表了。

熱風透過中層的天外天由外吹來，燈光很精神地照耀著人偶們身上的塵煙，電動機關哐哐哐哐哐奮力運轉，佛樂呢喃繚繞，第十景佛祖宣教。澤枝踏著漫長的階梯走向頂層，兩側牆面穿插以八仙過海、七仙女散花、十八羅漢等神話故事的立體壁畫。

天堂最頂層的視野非常遼闊，是天堂的出口，也是神龍的嘴巴，神龍吐出來的水柱化作往下的對外階梯，十分氣派。在天堂裡悶了太久，澤枝決定先休息一下，站在頂層發呆，這裡可以看到一切，包括地獄，本來她想，不如就在這邊等好了，在這裡可以看到爸媽他們出來了沒有，屆時再走下去也都還來得及。但天堂的出口設計或許是故意不想讓遊客久留，固然擁有一流視野，本身卻是狹小逼仄，沒有什麼歇腳處，過了三十秒澤枝就改變計畫想要離開天堂了。

身後傳來了腳步聲，澤枝回頭瞄了一眼，還以為人偶活過來了：那人也穿著褐色西裝，跟人偶撞衫，他看見天堂裡頭的景象會覺得很尷尬違和，還是心生嚮往？澤枝低頭偷偷笑他。完全沒料到他會一把抓住自己，往天堂的暗處拖。

20

澤岸過完年仍繼續留在家裡，他跟麗華商量好了，先在北港多住一陣子，再決定是不是要長住下來。還在菜頭協助下，規畫了一系列與故鄉相關的影片要傳到頻道上。對此，麗華的開心稍多於憂慮，畢竟有澤岸幫忙餅鋪的生意，即使不是每天，心情也輕盈得多。

偶爾菜頭也會來店裡探班，通常興高采烈，有時鬼鬼祟祟。鬼鬼祟祟的時候，就是不讓麗華參與的時候。麗華想，年輕人有年輕人的話題。

這天菜頭帶著月琴來，說是在網路上聽到歌仔唱念大師唱了一首很酷的歌，覺得可以當直播的材料，給澤岸參考參考。他咳了一聲，打開手機裡的歌詞小抄，開始撥弦。

「這首歌叫〈十殿閻君〉。前面先唱江湖調後面再轉雜念仔調，歌詞也比我們牽亡的版本詳細，」

本境城隍佮土地，做好做歹先知機，土地若知要繳旨，敢著交予善惡司。
有人做惡當作善，賞善罰惡通著現，黑無雙差摜鐵鍊，掠來地獄受可憐。
黑白無常黑白面，暗查察視佮精神，判官小鬼行鬥陣，查斷陽間盡忠人。
十八地獄分善惡，勸恁毋通做惡毒，好心好行天送福，歹心終世著勞碌……

菜頭越唱越小聲，緩緩停下來：「你們兩個，怎麼臉色都那麼難看？」

麗華琢磨了片刻，才回答道：「這馬過年時，莫唱這。」

菜頭自己沒有什麼忌諱，就常忘了別人不像他看盡生死，加上在餅鋪和澤岸家大剌剌慣了，簡直當成自己家，才會這麼不經考慮，他連忙收起月琴向他們道歉，識相地道別，「我還是回家去練好了，歹勢歹勢。」

菜頭背著月琴走在巷子裡，想起他上次見到兩人同時這麼陰沉，已是澤岸父親喪禮的那天了。

21

雲書知道澤枝一直有些祕密不跟她分享，她不服氣。舉例來說，對澤枝的家人們，雲書的所知就很少。澤枝總是用很樣板化的詞彙來形容他們，塑造出英雄、老媽子、魯蛇的形象，或是用「我跟他們也不熟」來敷衍。以往雲書不那麼在乎，但自從見到了阿宏，她不免淡薄仔疑惑。

年後再見面，澤枝像是跨過了某些人生的坎站，連腳步都跟著變得輕盈了些，可以判斷那就是在北港的事、家人的事了。

「你跟你媽和好了喔？」

「沒有什麼和好不和好的，就老樣子。」

「還是你哥？」

「他怎麼了？」

「我怎麼知道？」

「你很奇怪。」

「我是說，你這個年感覺好像過得不錯。」

「還可以啦。」她竟然還笑著說。

雲書在澤枝身邊坐下，以惡人先告狀的心理逼問：「你有什麼事情瞞著我嗎？有什麼事情是只有你北港的家人可以知道的？」

這問題猝不及防，澤枝一時說不出話來。雲書看了又心軟，輕輕靠在澤枝身上撒嬌：「我也想參與，好不好？」

「……其實也不是什麼大不了的事。」澤枝無意義地玩著手指和指甲，讓雲書想起阿宏。「我跟我哥說我們在一起啦。」

「就這樣？」雲書鬆了一口氣。

「就這樣。他很意外，但是也就這樣而已。」

雲書抿了抿嘴，對自己無端猜忌澤枝感到羞愧，急著想要補償：「我只是想我們之間一定要坦白。老實說，大概是因為我自己有祕密，才會看別人也認定別人有祕密。」

「什麼祕密？快說，我答應你會幫你守住它。」換澤枝好奇了起來，同時微笑起來覺得吃醋後懺悔的雲書可愛極了。

看澤枝這個樣子，雲書的歉意更強烈了。她鉅細靡遺地告訴雲書，那一夜她是怎麼遇見了阿宏，阿宏是什麼樣的反應，她做了什麼樣的決定，但從此之後再也找不到他……雲書預料得到澤枝聽見這些話的反應，這也是雲書此前之所以遲遲不開口的原因，但國王的耳朵是驢耳朵國王的耳朵是驢耳朵國王的耳朵是驢耳朵每天她都為此焦慮到不行，或許說出來以後可以一起想想辦法。

澤枝的身體僵硬而微微顫抖，她是在用力忍耐著，一粒眼淚啪地打在雲書手背上。

「過年的時候，除了跟我哥出櫃以外，我也跟他聊了很多跟我爸有關的事情。我們很久沒有提起他了。也許是因為這樣你才覺得我心情好吧。」雲書點點頭，摟著她。

「你剛才問我，什麼事情只有我的家人知道。我現在也可以告訴你。」澤枝以很細小的聲音說著，「你只知道我爸失蹤吧，不知道他為什麼離開。你想聽，我就說。」

但由不得雲書後悔不讓她說了。地獄之門已經打開，澤枝告訴她所有她想聽的與她不想聽的，猜錯的和猜對的。

「他們分頭找我，媽媽來天堂，爸爸去地獄，哥哥去廟裡。我醒來的時候那個人已經不在，我穿好衣服沒多久，我媽就找到我了。還來不及哭，遠遠地就被她罵了一頓，說大家都在找我，為什麼不按照原來的約定。我知道她很怕我發生什麼事才這樣，我就說，對不起。」

雲書的嘴唇都咬出了血來，緊緊抱住她：「當然不是你的錯，怎麼會是你的錯。」

報了警，沒抓到人，受害者與家屬都覺得是自己的不對。澤枝說，阿宏失蹤以後，她非常相信他可能會在台南，但她不曾對家人說出。憋在心裡過了十年方有能力自己再訪代天府，然而也正是在去了以後她也才體會到，就算父親來過，大概也會跟她一樣，其實根本沒有勇氣再次踏進去。即使她不太記得，但她真心害怕會想起來。

22

澤岸發了狂似地在家裡翻箱倒櫃，說是在找一本相簿。麗華讓他不要急，相簿都有好好收在她房間的抽屜。

麗華把大大小小相簿們拿到澤岸面前，彷彿當年，阿宏的遺照是麗華指示澤岸挑的。澤岸捧斗，澤枝捧照片。妻子不能送夫殯。

那個時候，澤岸非常把這個任務當一回事，甚至把相機裡還沒拍完的底片都拿去相館洗出來，他用自己的零用錢付了帳，沒有跟媽媽要，因為在相館裡打開數量不多的照片的時候，他才驚覺這台相機在代天府之後就沒有再使用了，裡面也沒有阿宏的獨照。

澤岸立刻找到那本薄薄的小相本，不到三十張的照片裡面，但沒有他要找的。他以為有可能僥倖拍到那個澤枝說的褐衣男子。

澤岸速速抹去還來不及流到頰上的淚水，把整疊相簿交還給麗華：「沒事了，我去找菜頭。晚上不回來——晚上不回來吃飯。」

麗華將相簿放回抽屜。她當然猜得到澤岸想找什麼。她自己也找過。澤枝也找過，大哭一場以後還帶走那張最後的合照。麗華都看在眼裡。

不得不說彼時麗華的盤算也是太天真了，以為喪禮辦一辦，大家就可以重獲新生。她也好想像阿宏那樣一走了之，各種層面地一走了之，但她是被留下來收爛攤子的人：我的虧欠感難道不如你深嗎？在地獄門口留零錢給澤枝的不是我嗎？見到她不由分說先罵一頓才發現她被欺負了還傻傻跟我道歉，我這輩子原諒得了我自己嗎？我假裝堅強不可以嗎？每次看到兒女那種受傷眼神，麗華在曾家祖先牌位前常常這樣對著阿宏說。阿宏不知死活已經過了十幾年，喪禮後她就當他死了。這爛攤子一爛也是十幾年，收了又爛爛了又收。媽祖啊媽祖，曾家的列祖列宗，這敢是恁對我的懲罰？

23

門外鑼鼓震天，不用這樣提醒澤岸也不會忘了今日是媽祖生，人世間如此多的煩惱，在祂聖誕之際——尤其是在祂聖誕之際。

在這個北港的大日子，學校會放假半天，因為一半以上的學生都請假去出陣頭或扮藝閣，沒去的在隊伍經過時，也沒辦法專心上課；到了晚上，居民們會在家中或是路邊辦桌。房間的棉被吸飽鞭炮的煙裹著信徒與非信徒們安心或不情願地入睡。

「生日快樂，」回北港將近兩個月，澤岸趕在清晨重回廟裡跟媽祖說話，心裡的掙扎比預想的還要多，他要對媽祖先說說看，那些兩個月來對母親他想說但說不出口的話。「昨天澤枝跟我說，爸爸好像還活著，雲書遇見過他。我們要去找他嗎？還是放他自由？但他這樣自我放逐算是自由嗎？」

「好久喔，你跟祂說什麼？」菜頭跟澤岸約好了要一起跟著轎班走，順便拍一些媽祖生影像紀錄做頻道節目素材，在一旁等了半天。澤岸羨慕菜頭，是不是要看過那麼多人來人往才能夠這麼豁達呢？菜頭說過，喪禮唱牽亡歌的用意，不只是接引死者前往下一站，也唱出生者對死者的依戀，作為悲傷的出口。澤岸繼續問神，甚至擲了筊。不斷的笑筊。菜頭拍拍他的肩膀：「歹勢，我這个做兄弟的無才調，毋知影你咧煩惱啥物。有啥物我可以鬥相共的，做你講。抑無，看欲等你結束才來工作室揣我抑是按怎。」澤岸勉強微笑點頭，菜頭帥氣地揮手離去。

回北港後，澤岸不只常去工作室跟菜頭廝混，還背著麗華學唱了幾首牽亡歌，像是自虐一樣，複述關於天堂地獄、魍魎神明的歌詞，菜頭見他總是一臉肅穆，不知因由，總是交代他唱的時候不要那麼悲戚，聽眾不是只有亡魂喔！這是要讓家屬好過一點的歌，你這樣唱，豈不是雪上加霜了嗎？

澤岸便回嘴說，他不記得父親喪禮時當時菜頭和他父親是怎麼唱的，但他鐵定沒有覺得比較好過，到現在也還是。

「那是你太多罣礙，還有你大概還相信你老爸還活著吧，不是嗎？他只是浪跡天涯去了。」菜頭擺出老師的架勢，不等澤岸回答，繼續彈琴，諄諄教唱：

一步送魂出大廳，亡魂汝著慢慢行，
生死兩字天注定，欲送亡魂到陰城。
二步送魂出大埕，娘媽焉路汝免驚，
著愛疼惜汝个囝，保庇囝孫好名聲。
三步送魂出路行，欲送亡魂頭一名，
孝男孝女啼哭聲，欲送亡魂到墓埕。
四步送魂答親恩，養育功勞較大天，
燒香奠酒見汝面，欲送亡魂到墓邊。
五步送魂難分離，爸母分開在一時，
交代个話愛會記，欲送亡魂上天池。
六步送魂心頭酸，欲送亡魂是久長，
汝个忌辰著愛轉，著愛會記咱家門。[2]

澤岸跟媽祖講完了話，沒有任何解答，心裡煩躁。阿爸，你敢猶閣會記得咱？一切的代誌猶原仝款，痛苦的佮較無痛苦的。凡勢我嘛應該去流浪，四界唱乞食調，按呢沒的確會佇啥物想袂到的所在揣著你。「第十八殿：飲孟婆湯之後，領憑證受胎轉世，經輪迴出生。」人生啥物時陣才會行到底？

澤岸走出朝天宮時，街上的地面已經密密麻麻長出一大片紅色的鞭炮，廟裡幾頂神轎業已蓄勢待發，將被轎班扛上路口成堆的紅山。

二〇一九年十二月二十三日初稿

二〇二二年十月二十日定稿

2 本文引用的牽亡歌〈幽冥菩薩〉（頁五十九）、〈遊花園〉（頁八十一、八十二）、〈六步送〉（頁一〇八）為林宗範風中燈牽亡歌團版本；〈十殿閻君〉（頁一〇〇）為楊秀卿版本。

不明的飛行

不情不願，小草媽今天還是來到澳底仁和宮，牽著幼小的女兒，先看看寬闊廟埕人潮吞吐的情形，藉以判斷這次遊行參與的程度。

許多看起來身經百戰的反核旗幟飄揚著，旗子底下幾位藝文界人士往核四的方向過去，匆匆一瞥她認出其中一個是導演戴立忍，他跟之前反核快閃活動被台北市警局告發公共危險罪的那個倒楣鬼作家走在一塊：叫什麼名字一時想不起來，是個特殊的姓氏。在某本不知傳閱了幾手的過期週刊裡她看過他的一篇專欄，標題是直截了當的〈我反核！我是人！〉，裡頭明明寫到了一種她熟悉又陌生的感覺，怎麼作者名姓硬是停在舌間。

時近傍晚但天仍大亮，廟前人氣滿滿，有三月瘋媽祖的氣勢。附設的藍色塑膠椅早被占光，不少人直接就地坐下。仁和宮媽祖也是貢寮反核運動的老班底，昨夜自救會會長擲筊得到應允後，今早媽祖即乘神轎被簇擁著起駕到核四廠區前坐鎮。核四明天就要運轉了，反核媽祖沒理由缺席，人們在精神上是這麼迫切地需要祂相挺。

幾個前來支援的小團體也剛到，散散亂亂地各據一方，但更身經百戰、組織性更強的則多半早已經動身了。廟埕中央幾個年輕人正在演出行動劇，附近雖然人多，留步欣賞（或降低標準，「注意到」）演出的觀眾屈指可數，也僅有零星的記者圍著拍攝。但小草畢竟是個孩子，喜歡他們的奇裝異服，小草媽便順她的意停下來。

小草媽對於某種程度上幾乎是為滿足媒體而存在的行動劇一向興趣缺缺，認為企圖在最短時間以最淺顯方法傳達意見的行動劇譁眾取寵，力量亦很有限。透過電視，大眾接收到的仍然只是又一次面目模糊的化妝舞會。事實上，她認定所有的抗議活動只要不牽涉到自身，對他人而言恐怕都是面目模糊的。話說回來，在不嚴謹的定義之下，抗議活動本身也是一個行動劇，她稍微反省自己或許太苛刻了，不過很快地，檢討的意識便被更強烈的一股怨氣壓過了：行動劇或不行動劇，行動或不行動，反正這個政府沒有耐心聽人說話，說話的人也已經沒有耐心好好說了。

好幾支麥克風和照相機攝影機炮管追了過來：職業的直覺告訴他們，小女孩反核的童言童語會是一則介於可愛與可議之間、畫面基本上無害的理想新聞。一名記者蹲下並降低智商：「妹妹，你幾歲？」、「八歲唷，那是幾年級？」、「你今天怎麼來的？」提問時假裝的童音，比小草還稚嫩。

「那你知不知道今天來要做什麼？」

「大拜拜！」

記者嘴角微揚，「原來妹妹你是來拜拜，不是來抗議的喔？」想著怎樣應用這段訪問。

「是反核大拜拜！」

「妹妹，什麼是反核？」

「是一件就算不成功也要做的事。」連小草媽也不免啞然失笑。

原來是《海賊王》看太多得了熱血病的死小鬼，那記者站起來，給小草她媽一個表示訪問結束的白眼。

小草媽裝作沒看見，記者是不是在暗示她，小草終會長大並遇上熱情走向消沉的轉捩點呢？她撥了第N次小草她爸的手機號碼，該死的還是不接。

「小草媽媽！」是鄰居魷魚嫂，今天全家放下魷魚羹的生意，都來助陣了。「需要嗎？」魷魚嫂隨手給了她兩條用來綁在頭上的簇新抗議布條，上面用麥克筆粗黑地寫著讓她心驚的「誓死抗爭」，她對文字的承諾和咒語性質猶有抗拒感，急急翻開自己的腰包。

「我自己有帶，」小草媽拿出的黃色布條上面只有簡潔的「反核」二字，趕快為小草和自己繫上，以免魷魚嫂的「誓死抗爭」臨頭。接著她又披起社交化的表皮：「這次可能會破四十萬人喔！小草她爸說很多國內外團體都會來支援，剛才小草還跟記者說她是來反核大拜拜呢。你們要留下來守夜嗎？」

「要啊要啊，規家伙仔三代攏總報到。我們有準備一些吃的，晚上會運來，煮很多啊，記得來拿！」

趁大人交換情報，魷魚嫂的兒子小魷魚跟小草玩起了捉迷藏。小草她媽叮嚀兩人不要跑太遠，一邊有點神經緊張，怕今天陌生人多不知是不是都安好心，「只能在這裡玩不能出去馬路上！只能玩十分鐘！不要跟陌生人走！」三道金牌連發。

「好！了！沒！」小草吼。

「還沒！」聲音的來源還很近。

好了沒？

還沒。

好了沒？這問題小草媽也常問自己，但與捉迷藏的情形一致，得到的永遠是「還沒」而不會是「好了」。永遠不會好了。

哐啷哐啷，三個漆成黃色印有核能符號的鐵桶落了地，橫倒著由兩男兩女滾動前進，似要將核廢料象徵物一路推往核四廠區。但由於地處斜坡，鐵桶難以控制就脫了手，一路滾向背對著他們，正在專心找小魷魚的小草。

小草媽如箭衝出，但在她趕到前，一名戴斗笠的彩衣老嫗已搶先一躍，如一隻豔麗的大鷹拎雛雞般提起小草後，伸出右腿豪邁地將鐵桶煞住，又將小草安穩放下，免起鶻落是捷疾若神，氣定神閒儼然武林中高人本色，簡直要讓觀眾忘情喝聲采。

小草一臉茫然，剛才自己莫非是飛起來了？小草媽追上來緊緊抱住她，腦子裡轟轟轟，連魷魚嫂追來安慰了什麼都聽不太懂，待回過神想對阿婆說些感激言語，說也奇怪，雖然斗笠阿婆一身鮮豔色彩，理論上很好認，卻怎麼也找不到了。小草媽只好噙著淚，對著鐵桶青年男女們，轟轟轟地，也不知道自己說了哪些過分的話。對方倒是自知理虧，百般道歉，帶頭的那人立即中止了將鐵桶滾動到核四的計畫，指揮伙伴們將桶子又載運上車。

撥了小草她爸的手機號碼，第N+1次無人接聽，小草她媽帶著小草離開仁和宮，沿台二線往南，抵達核四。天空放射著霓虹色的晚霞，霞光下有震耳的呼喊聲，也有來源不詳的聲音透過不夠力的擴音器在模糊地長篇大論。警察已經在進行小規模驅離，人群快步或小跑著，一名抗議者滑倒在地，兩名警察便立刻扯住他的衣領，把他拖到拒馬邊逮捕。這時群眾有人拚命想往裡衝，有人極力想往外跑，那被捕的抗議者很快就被人群淹沒看不見蹤影了。而擴音器在幾句嗚咽之後，發出了尖銳遺言，刺痛附近的人的耳膜。隨著進攻與防守，一陣陣激憤的呼喊有起有伏，一直到衝突暫因前鋒的一一失利逐漸止息，人群才放慢了腳步，重新集合等待下一波浪湧。小草冷靜地看著一切，專心尋找父親的行蹤。

「在那裡！」小草媽順著小草手指的方向，看見夫婿在三名警察手中作最後的扭動掙扎，扔上了警備車，前往被載去丟包的路上。

小草爸也看見了妻女，吐了舌頭扮個鬼臉，笑了。他笑起來總是露出一排整齊的牙，而且常給人一種牙齒比正常人多的錯覺，雖說小草媽確實清點過，不多不少整整三十二顆。那有感染力的表情，是要她們不必擔憂、他很快會找著路回來的意思。他卻不知道對小草媽而言，被帶走至少是個確定的結果，比起他到處衝撞還來得讓人安心。自恨看他笑的時候還是回笑了：就是這樣寵他，才會來到今天這田地，他跟警察走而她們母女卻困在這裡。她氣得大喊：「台電得利！百姓遭殃！」身邊的其他民眾也立即似膝反射般一呼百應，渾然不知她的憤怒之複雜，一如她也不了解他們的。

小草媽吼遍觸目所及所有白布條和大字報上的大黑字，才稍微舒緩了內心的鬱悶。她這一輪口號也重新凝聚了示威群眾的士氣，小草媽只不過停下來喘口氣，就馬上有人舉起大聲公，接棒帶頭喊聲。那聲音指揮大家就地躺下一分鐘，說是要呈現出核災受害的畫面。這是反核常見的場景，小草媽第一次躺下已是十幾年前的事了。

那天下著滂沱大雨，小草媽還沒當成小草媽，也還沒遇見小草爸。她獨自在學校旁的地下道，發了自己影印的傳單給一個個面無表情的溼淋淋過客。紅著臉，不是因為這麼做有什麼羞恥，而是因為這種主動的作為強烈違反她的內向性格。發完傳單後，趕去現場，穿著黃色輕便雨衣，但牛仔褲褲管早吸飽了雨水。周遭都是陌生人，沒有同伴，認識的人都對與上街頭有關的任何議題毫無意願與興趣，事實上那次參與的人數之少，還不如她班上同學的人數。她和所有人一起順從地臥倒在地扮作屍體。對於這麼做的效果與意義不是沒有疑惑與茫然，但知道這是一種表達或一種象徵，內心激動，豆大的雨滴滴在她一身的雞皮疙瘩上。

小草老早乖乖躺在地上，拉著媽媽要她照做。「裝死反對」，小草媽自以為竄改了魷魚嫂的口號，臉上泛起微笑，躺下。

什麼都不做的時候，一分鐘很漫長，幸虧這裡有一片適合目視的天空。小草媽沒想過，這次的躺下會與以往有什麼不同，直到她覺得自己好像看到了什麼奇怪的東西。

那瘋狂旋轉中的碟型物是再經典不過的UFO。

UFO。幽浮。不明飛行物。

那架UFO以很快的速度變大、逼近地面，大家也很快就都注意到，接在它的後頭還有類似的三架，像是在追趕它。不，不是在追趕，它們想要阻止第一架的墜落，但是發射出來的奇異光線（某種有色磁波？武器？）似乎只能勉強延緩它的暴力著陸。

躺下真是不好的兆頭，沒有人繼續維持這個姿勢。較晚前往廠區示威的魷魚嫂一家三代扶老攜幼退回台二線，魷魚嫂聽見自己發出絕望的悲鳴，頭上的「誓死抗爭」已經在亂中脫落，反核說到底原是為了求生啊，眼前出現了傳說中的人生走馬燈。

戴立忍未顧著自己逃命，反而出手幫助一名素不相識的老翁。老翁事後說，自己是腳麻，不是不願意跑。至於戴立忍的腦內隱私，在此予以應得的尊重。

ＵＦＯ吸來怪風吹起海沙，形成一陣白霧，周遭的人彷彿全都消失了，小草媽覺得全身的血液往下降，怪風並將汗水吹冷，使她起了一身雞皮疙瘩，她緊緊握住小草的手，分不清方向又不敢停下腳步，見沙塵中有星星紅光便往光去，待到走近，才看清是媽祖香案。從仁和宮請來的媽祖金身放在摺疊桌上，神像前幾炷清香，幾道素果。沙霧落定，自救會會長尋神像而來，邊將神像捧起邊對她吼：「快逃啊還發呆！」

小草媽背起女兒拚命地跑，當她用盡了腎上腺素，只能憑意志力勉強站著的時候，她面前十幾步的地方出現了一個名字，她想起了。

「駱以軍！」

她的聲音如此微弱，以至於她不敢奢求除了小草以外的任何人可以聽得到，然而駱以軍竟然回頭了，不但回頭，還意會到小草媽的請求，二話不說就要接手小草。小草卻緊抓著母親不肯放開，她知道ＵＦＯ即將隕落，而她絕對不要與媽媽分開。小草媽流著淚求女兒放手，小草也大哭不止死硬糾纏，僵持不下之際，駱以軍指著一團亮閃閃的黃光：「你們看！」

那黃光從人群中躍出，衝向急墜的ＵＦＯ，竟是救過小草的彩衣老嫗再度挺身。阿婆的斗笠迎風飄落，她卻違反地心引力直往天空飛去，她舉起細瘦的手臂接住了ＵＦＯ機身，用一根槓桿舉起了地球那樣地輕易。

大家都呆立仰臉，目睹她輕盈不失迅捷地飛行，就連原本對這異象狂吠的幾條野狗也一一沉默了。老嫗的頭髮披散開來隨風舞動，金黃色的Ｔ恤和藍紅相間的短褲彷彿彩羽，與晚霞漾出奇彩，像老套的光明對抗黑暗，一寸寸逼退ＵＦＯ的龐然陰影，把剩下的陽光搶救回來。然而耳際無有仙樂飄飄，只有遙遠的波濤浪湧，海風與檀香交纏進入肺葉，但那也是原本存在的日常味道。飛行的阿婆是樸實的，但她不會不樂意人們稱她為一隻美麗的蝴蝶。

阿婆與ＵＦＯ消失於雲中形成一粒星，同行的三架也尾隨而去。人們回了魂，四處傳來尋找失散親友的呼喚和傷者的哀嚎。「電視機前的觀眾朋友您是不是跟我一樣進行了一個目瞪口呆的動作？」記者發著抖對同樣發著抖的鏡頭說。

現場從一開始的眾說紛紜，很快就變得口徑一致，不少人對二次世界大戰時天后媽祖抱著炮彈飛走解救生靈的傳說略知一二，除了聞聲救苦的媽祖有此神力還會有誰。自救會長捧著媽祖神像在眾人面前靜靜立著，地面上亂糟糟伏倒了新舊信徒，而核電廠也在會長背後靜靜立著。

在神與核能之前，眾生是一樣的卑微。

駱以軍撿起阿婆的斗笠給鎮定下來的小草，小草隨即戴上，自號是斗笠小子，要成為反核王，把核電廠打得遠遠的。又在餘悸猶存轟轟轟的小草媽，對駱以軍說了什麼胡言亂語，如今只有駱以軍知道了。

許多人感覺到遠方有空氣的震動，又一陣驚慌，抬頭，英勇的國軍駕著戰鬥機在橙色的雲間畫下幾道到此一遊的標記。

小草爸果然找到辦法返回了廟前，此時歌手撥著電月琴幫大家收驚。小草爸正要開口指責：「你怎麼都不接手機！」卻見她對他笑，那是十幾年來使他的意志得以支撐下去的笑容，他不得不回以他的白牙，把心疼和擔憂留給自己。他帶來了免費的號外，把小草交換過去。小草媽快速瀏覽了報紙，斗大頭條：「江揆：豈止觀音坐蓮，核四有聖母護體」，小標題：「原能會表示核四啟動計畫不會延後」，搭配一張看似反核人群膜拜核電廠的照片。

小草媽重新綁好頭帶：「我只剩下魷魚嫂給的這條『誓死反對』，你要不要？」小草爸眼角幾乎快泛出淚來，不過他只是淡淡地說：「魷魚嫂叫我們一起去吃他們的。」

一切如故。但誰知道，也許還有下一次不明的飛行。

刊載於二〇一四年七月七日、八日《自由時報》副刊

銅像自身

每年二月下旬到三月下旬，嘉義市的這座公園總是不太平靜。公園門口那座拄著拐杖的老人銅像，也開始整天默默地在高台上發抖，不知是生氣，還是害怕，還是真的老了。最近公園裡其他的銅像也都不太敢招惹他。喔對了，這裡有二十幾座世界偉人與民族救星齊聚一堂，密度就連杜莎夫人蠟像館也要相形失色。

這次不曉得他們又要怎麼個鬧法？聽說台南有那個誰的銅像被推翻了，那去年我遭到潑漆好像也不算什麼，何況市政府很有效率地立刻幫我重新上漆粉飾了太平。話雖如此，中央噴水池的那個誰，根本沒聽過，好像是打棒球的，被簇擁著揭曉了金身，真是只見新人笑，不見舊人哭。六萬人封街遊行，嘉義市哪裡來的那麼多人，想騙誰啊混帳東西。老人銅像大聲地想著。要不是他全身黑得徹底，眼睛都要嫉妒得發紅了。怎麼現在就沒人要拍關於我的電影，我也要，我也要。我也要電影，我也要金身，我也要站在中央噴水池萬民來朝。

噗嗤。

一隻極尋常的麻雀從老人頭頂上飛過，在他的光頭上留下了白色帶著果粒的鳥糞。
他微微抬頭看天，究竟今年會是雨先來，還是漆先來呢？[3]

刊載於二〇一四年三月二十三日《自由時報》副刊

3 嘉義市中正公園蔣介石銅像於二〇一五年四月二十九日移除。

順風旗

一七九六：平原的人

這陣子漢人正在準備一件大事，阿讀看得出來。

起初阿讀還以為漢人要學蓋噶瑪蘭離地的房子。連日以來，漢人們在原本是舅舅的田地上掘地立柱，於數根柱子的基礎上又搭了一高大的平台，上面放了飯菜，漢人的巫師對著飯菜念了一日的咒語。隔天，他們又運來了許多連著頭部挖取的老刺竹，老刺竹的長度都非常驚人，連阿讀也不禁暗暗納罕，不知是從何處砍伐而來的。老刺竹被整編綁成筍子的形狀，立在大平台上，一共三座，頂端各有一面旗子迎風飄揚。

是打算慶祝什麼吧。阿讀既好奇又不甘，漢人不可能得知族人即將遷徙的計畫，應該不是為此慶祝，那又是為了什麼呢。再過兩天就要隨族人往西勢移動，離開這祖先開墾過的土地。猶記得母親的眼睛布滿了血絲，瞳孔裡裝著田裡死貓死狗的獸靈，膝上水平放著一根細竹，再將黃玻璃巫珠在竹上放著，母親念著咒，而珠子在竹上定住不動。這片土地不祥啊，她說，漢人要就給他們吧。他不能不遵從母親的意志。

昨夜西勢大溪漂流著許多點著火的紙房子，引來一陣騷動和微微的恐慌。阿讀以為漢人的慶典要開始了，摸著黑前去舅舅的田地一探，那裡卻什麼也沒發生，只有漢人立起的棚架在時隱時現的月光下，壯觀陰森。阿讀小心翼翼地往棚架前進，看見纏繞得非常漂亮的竹箍，他伸手搖了一根刺竹柱子，柱子文風不動，阿讀手上卻出乎意料地油滑黏膩，原來柱子上被抹上了油。阿讀想起那些水燈，莫非這架子也等著被點火？辛辛苦苦費了這許多功夫，可能為的只是要燒燬它。

「爬上去。」一個熟悉的聲音從暗處中傳來，那是不在場的母親。阿讀與身為巫師的母親從阿讀一出生就有強烈的感應，他的眼睛就是母親的眼睛，他的手腳就是母親的手腳。阿讀四下找尋的不是母親的身影，而是可以編成繩索的材料，很快就找到幾根放在台邊尚未清運老刺竹，大概是長度不夠沒有派上用場。他剝下老刺竹的皮做了兩條套繩，然後將衣服撕破成條，纏繞在手上，開始在塗滿油脂的棚柱上尋找施力點，費了一點力氣才找到了訣竅，爬到柱子頂端時，阿讀的手掌不僅因摩擦起了水泡，更已經被竹子的纖維割了許多破口，而另一個挑戰就在眼前：他必須翻上頭頂上高台的邊緣。

阿讀往下一看，一陣頭暈，深吸了一口氣，想像怎樣翻身旋轉才是最有效的姿勢，而同時不會送了他的小命。怎麼想都不是那麼順利，卡在半空中不上不下，也不知過了多久，原本遮蔽月光的雲層靜靜地撤退，阿讀發現這裡可以看到遠方海上的船隻，雲霧盤桓，渲染著海的線條，阿讀不由得看得呆了，直到烏雲再聚，幾滴雨水隨風斜打在他腿上。阿讀見雨來得甚急，再惚恍下去恐危及性命，只好憑著直覺不再多加考慮，鬆開套繩，套繩往地上落去，阿讀一個挺身扭腰，但手中油、血、汗、雨交雜，加上雙腿長時間箍著柱子略微僵硬，手上硬是滑了一下，才驚險地搆上了邊。阿讀躺在平台上喘氣，此生心臟沒有跳得這麼快過。與他的心跳節奏一致，月光越來越弱，大風將三面旗子打得啪啪響。

爬上來了，現在要做什麼呢？他靜待母親的指示，但母親不再言語。只有「呼——呼——」一隻貓頭鷹反覆地叫喚。阿讀調勻了氣息，抬頭看向中央的那面旗子，折了它們吧，三面小旗。出於非常直接的示威心態，但阿讀也知道，即使這樣做了，他們明天還是會搬離這裡。他心裡一酸，抿著嘴開始爬高台上正中央的那座竹塔，他發現專注的時候可以忘記那些事。筍狀的竹塔比起剛才的油柱實在不算什麼，小紅旗一下子就在阿讀的手中了，從竹塔上將紅旗摔下至高台台面，然後自己再慢慢滑下。阿讀一點喜悅也沒有。

旗子他不想要了，一面，兩面，三面，或是空手，沒有差別。這毫無意義。

阿讀氣自己白忙了大半夜。但還沒完，不管要不要把旗子帶走，爬上來了就必須再想辦法爬下去，徒手下高台必不比上來容易，阿讀雖沒見過搶孤的意外場面，但身歷其境的他知道不能掉以輕心，他把竹塔上的細竹條拆了幾落下來，編成一條，繫在腰間，緩緩垂降下去，那被他從上頭拋下的旗子還在高台的台面上，伸手可及，他凝視這旗許久許久。

直到他筋疲力盡地回到了家，雨仍不肯乾脆地降下。母親還沒睡，憑著火光在地上織布。

「遙遠的地方才有樂土。」她沒抬頭，只是兀自唱著。

阿讀在她身邊躺下，手中緊緊握著什麼，在歌聲中慢慢地睡著。

二〇一四：馬太攻守聯盟第一次公告

放暑假了。「祈福棧」聳立在博物館明亮寬敞的大廳，陽光透過大片玻璃帷幕灑落，搶孤特展開幕的第一天便湧入了人潮，依序排隊憑票索取祈福卡，有的卡片上印著螃蟹，有的印著肉粽，也有印著豬肉的，佳玲和外國友人佐佐木這兩個新進歐巴桑拿到的是貝殼和魷魚。以佐佐木的年齡來說，用手機的技術十分純熟，她拍下祈福卡上傳到臉書上：「我是魷魚」，然後不斷後退，直到螢幕可以拍下整「叢」祈福棧，紅底黃字的帆布布條從上而下披掛，老老實實地用兩種字體寫著「蘭陽博物館　祈福棧」。棧上已經掛了許多卡片。佐佐木叫佳玲利用錯位製造祈福棧就在她掌中的效果，試了好幾次才成功。佳玲對於佐佐木這種亢奮的旅遊心情覺得太好笑了，也只得由她。

佳玲向佐佐木說明，在真正的孤棧上綁的都是真正的貢品，中元普渡給孤魂野鬼吃的，儀式結束後人類也可以分回家，以前窮，有很多文獻記載那你爭我奪你死我活的恐怖狀態。

不過，在博物館，你也知道，只好意思意思，象徵象徵。佐佐木非常理解地大笑點頭，她們兩個就是十幾年前在加拿大的博物館東方研究部門工作時認識的。

一名國小老師對著學生們很有精神地說：「各位小朋友，可以去祈福棧把你的心願和祝福掛起來喔！」

「你相信文字的力量嗎？」佳玲簡單大筆撇了四個難以實現的：「國泰民安」，掛好了之後佐佐木竟然還在寫。她湊過去看佐佐木那張密密麻麻的祈福卡，佐佐木連忙用手遮住，強調，被看到就不靈了。

佳玲吐槽她：「你掛上去不是大家都看到了？」

「我掛高一點，或是掛很低。」佐佐木這麼堅持，佳玲就不勉強她了。佐佐木無法停留到頭城搶孤那天，只好來蘭博過過乾癮。

佳玲看著這座以傳統工法製作的祈福棧，其實挺像樣的，畢竟館方找來的是專業建造孤棧的頭城下埔里老師傅們，據說連著三天當場示範並且趕工而成，可惜只有上半截的孤棧，沒有搶孤時讓人緊張不已的抹油高架孤棚：館裡塞不下，只能展示模型，不過就算塞得下，也不太可能讓人組隊來「表演」搶孤。

「你看上頭的小紅旗，那個叫作順風旗，搶孤英雄們搶的就是那面旗。擁有旗子的人，出海就會順利又豐收，贏家如果不從事漁業，也會有船家來高價收購。」

「可惡，想看。」

「不然你明年再來啊。不過明年會不會辦也還不確定呢，曾經停辦好幾年，今年本來也有風聲說不辨的。」

「太可惜了，這麼有特色的活動。」佐佐木終於寫完，前去懸掛她的願望，龜龜毛毛又磨蹭了半天。佳玲無聊地滑起手機，一則發自阿美族藝術家朋友的訊息讓她吃了一驚，訊息寫道，花蓮馬太鞍部落與太巴塱部落的祭典迫於政府壓力，將有來自中國廣西的壯族族人於兩部落的 **ilisin**（年祭）穿插表演。佳玲快速看完事情始末，立刻按下了分享鍵，轉發了「馬太攻守聯盟」的第一次公告。

「怎麼了，臉色這麼凝重？」佐佐木回來了。佳玲勉強笑笑說沒什麼，發呆呢。

公告是這麼結束的：「那些人不是客人，他們是：敵人。」

一九九九：飄洋

時間是早上八點五十分整，皇家安大略博物館就在眼前，這座博物館是一座以考古學、民族學及自然史為主的國立博物館。S想在附近先繞繞，舒緩緊張的情緒，刻意坐過了站，向司機道謝後在皇后公園站下了公車。九月下旬氣溫微涼，灰白的陽光下躺著的人比樹蔭下的還多。

S在多倫多近郊長大，又在多倫多大學拿了人類學學位，這裡曾經幾乎是像他家灶跤那樣的所在——S的台語極為流利，「敢若咧行灶跤」這樣台灣人的習語，他已經能直覺式地使用。他手上緊緊拿著多倫多諾克斯神學院博物館館長、台北駐加拿大辦事處、加拿大駐台北辦事處、多倫多大學人類學系主任的介紹與說明信，一種近鄉情怯的不真實感油然而生。有了這幾封信，他即將知道，所追尋的法櫃是不是還存在於人間，他甚至可能可以親自觸碰那些珍寶——當然手套和口罩在口袋中也備妥了——這樣難以想像的事即將實現。

S突然了解了婚禮前臨時脫逃的男女們可能在害怕的「那種什麼」。在台灣擔任牧師一晃眼就過了二十五年，逃婚記他也算見得多了。

博物館地鐵站的地下道出口湧出一批上班族像蜂群那樣前進，先超過S後又各自散去，這個站離博物館最近，但沒有配備電梯和電扶梯，S對長長的階梯有深刻的印象，年輕時可以一次跨三階，如今膝蓋已經禁不起這種考驗。耳邊傳來熟悉的音樂聲，S心想，這個時間收垃圾有點奇怪啊，往聲音的源頭一看，原來是賣冰淇淋的，S拍了自己的大腿，讚嘆生活習慣就是這樣細微地影響著一個人。

「香緹，你看過博物館擴建的新館的設計圖了嗎？太恐怖了！簡直像是被轟炸的瞬間被停格。建築師顯然對風水完全沒有涉獵。你曉得什麼是風水吧？真是不吉利，觸霉頭！」說話者是一個身形瘦削的中年白人男子，快速講話的同時特地去敲了旁邊的行道樹。男子與同伴從S身邊超過，S只看見那年輕女同伴香緹的側臉，輪廓有點混血的味道，側背包上掛著藍色底、白色「∞」符號的小吊飾，顯然是梅蒂人。

「符合博物館需求就是好設計。」香緹說，「約翰，你收到佳玲的消息了嗎？我有點擔心。」

佳玲是在台灣很常見的女性名字，S的耳朵豎了起來。不知不覺中S已經跟著兩人往博物館後的研究中心入口方向走了一段路。

「佳玲？她怎麼了？」

「你沒看新聞嗎？昨天台灣發生了很嚴重的大地震。」

香緹從包包裡拿出一份免費的Metro地鐵報，指著上面的圖文：「你看，規模七．三！震央在南投，佳玲帶我去過她南投老家。她在台中工作，可是台中好像也很嚴重。

你以前不是住過溫哥華嗎？七．三有多大啊？」相較於溫哥華，多倫多的地震並不頻仍，對地震嚴重程度的概念也比較懵懂。

S顧不得禮貌，湊上前去看，然後覺得從腳底一路冷到頭頂，沒有辦法呼吸，像是兒時因為同學的惡作劇差點在冬天的安大略湖裡溺死的那次。S拿出手機往台灣撥，在響了如永遠般漫長的三聲之後，對方接了起來。

災情比想像的還要慘重，聽見死傷人數時他忍不住腳一軟。

幾個路人圍了過來，香緹與約翰也回過頭，連忙把他扶起來。

「先生，你還好嗎？台灣的朋友好嗎？」香緹用有一點口音的中文問他，想是聽見了電話內容。約翰默默地撿起S掉在地上的信還給他，也有人拿出手帕和水瓶。

「我沒事，謝謝大家。」

「博物館有醫護人員，先生，你要不要去看看？」香緹的眼神同情而溫柔。

S在台灣到任的第一天才初次聽聞馬偕的名號，如今他已是加拿大人類學界領域對馬偕最瞭若指掌的專家。景仰之心是一定的，但神職人員共有的捨我其誰死纏爛打鍥而不捨使命感，才是讓他能拿著四把鑰匙走向皇家安大略博物館的關鍵。S打起精神，向香緹遞出四封信，他必須這麼做：「我要去博物館，但不是要去看病。」

香緹與約翰果然是博物館的研究人員，館長許可後，在他們的協助之下，S得以確認了馬偕從南方島嶼遙寄而來，在不同博物館典藏庫之間流轉、未曾面世的收藏的確還完好塵封著，他的心思雖然不在這裡了，還是微微感動：我要帶你們回家，我要帶你們回家。

後來，S受順益博物館委託，引介台灣的多位人類學家來這裡拜訪，他們輕輕巧巧仔仔細細地打開將近三百個火柴盒大小的盒子，檢視裡面的各式標本，對照上頭貼著的、馬偕親手書寫的注記與說明。又有六百四十件來自北台灣泰雅、噶瑪蘭、漢人的文物，他們一邊驚嘆，一邊遺憾自己沒有更早想到要尋找失落的馬偕百寶貨運箱。「沉寂百年的海外遺珍」，在台灣的借展將這麼命名，順益博物館將主題限於台灣原住民，因此僅挑選了其中的兩百件，並不包含那面來自旺財家的順風旗。一樣東西就是一個故事，但馬偕的標籤未及述明這項漢人物事是如何來到旺財的家中的，事實上連旺財本人都不很清楚。

二〇〇八：在水晶裡

親愛的 Paicu：

我應該還沒提過，皇家安大略博物館（ROM）旁邊的那個捷運站改建成拉斯維加斯了？前幾天重新揭幕的。所謂大就是好，沒想到加拿大人也會有這種思維，我說拉斯維加斯完全沒有誇張喔，請看附件的照片。幸好上次你來多倫多的時候有見過它原本的樣子。我看以前 ROM 的照片，也不像現在這樣有那棟像嫁接了一顆切割失敗的水晶的建築。美感見仁見智這句話我是不認同的。不過隨便他們怎麼樣啦，反正花的又不是我的稅金。會特別提 ROM 的原因是我昨天差點在裡面噴淚！你絕對不會相信我在那裡見到了什麼。

（噴淚不是因為這一切都太醜的關係，那個話題已經結束了。）

一如往常，我昨天下午沒課，準時去 Babysit，小鬼頭說學校老師要他們去博物館好好探索一番然後寫報告，他不想去最近的 ROM，標準的近廟欺神，但我跟他相反，只想去最近的，畢竟帶到太遠是給自己找麻煩，何況 ROM 大就是好嘛，哈哈

（我最近在練習不在 e-mail 裡用任何表情符號，「哈哈」是極限）。總之，好說歹說才把他哄去，幸好他對動物很有興趣，自然史部分看過了還願意再看。至於希臘、羅馬、中國、埃及、近東……各種古文明都不入他的眼。到了二樓，都是他的愛，海洋生物什麼的。我就跟他約了時間，叫他自己去逛。

分手後，我找了條長凳，坐著恍神，隨意翻了翻手上的摺頁，這才發現有個新的常設展是四月開始的，跟捷運站的新裝差不多同時登場，內容包含非洲、美洲和亞太（喂，有沒有這麼不嚴謹的分類啊，根本就沒分吧），既然有亞太區域，我又再多瞄了一下，Taiwan 和 Tayal 兩個字猛然跳出來，真是嚇壞我了，仔細一看，還有平埔族「the Plains Aboriginal people」（根據我的觀察，應該都是 Kavalan），三步併作兩步，直奔失敗大水晶的三樓。

就在那啦，泰雅古文物！我激動啊！George Leslie Mackay 來自十九世紀的收藏！（MacKay 就是馬偕，失敬失敬，我從來沒想過他英文名字是什麼，其實我也不知道他是加拿大人。）資料上說，這些都是在博物館儲藏室沉睡多年的東西，是一九九九年有心人奔走才重新「出土」的，二〇〇一年順益博物館為了紀念馬偕逝世百年，也曾借展過，不過那時我還太年輕，壓根不曉得。藏品中沒有看到你們 **Tsou** 的，阿里山好像不是他的傳教區。

能在國外看到這樣大量的台灣文物，實在是不可思議，要如何解釋我胸口突然湧上的莫名感覺呢？也許是一種睹物思鄉的心情，也許是一種身世飄零的無奈。**Atayal** 部分還算都見過，主要是精細度和年代的差異（好想抽抽看竹管菸斗，回去求我爸做），但 **Kavalan** 有的就稀奇了，整套的新娘禮服和飾品簡直美極。我不知道要不要感謝這位某種程度上也是殖民者的好奇傳教士，把這些東西稀稀奇奇地保存下來。他是不是預見了將逝去的時空而力求保存一截斷面？他是不是在向他的國家／他的教會／他的神邀功？這些問題的答案恐怕也跟著一起封存在一百年前了。

讓我特別難過的反而是來自 **Kavalan** 還有他的 **han** 信徒們，那些巫儀祭器，牌位佛像，甚至還有一面想必經歷辛苦搶孤而來的順風旗（我腦海中不倫不類地出現了 **Federer** 與他的溫布頓金盃），我忍不住要往這個方向想：這分明是精神與文化的獻祭。究竟什麼才是暴力，什麼才是野蠻？我確定了臉頰上苦苦的東西恐怕帶著些許憤恨。

想到了我們的歷史，我豈能不哭。

剛才電視上正在播總理 Harper 在國會對加拿大原住民過去遭受的不幸道歉，為什麼我覺得此時想家很諷刺呢。閒著沒事，我來找講稿翻譯成中文好了，晚點發去 ptt 八卦板，你猜會被噓嗎？不過被噓還是要發的。

無論如何想家，也想你，交換快結束了。

lokas.

Sayun 上

附加檔案 1. 拉斯維加斯（誤）.jpg

附加檔案 2. 可愛菸斗 .jpg

附加檔案 3. 展覽局部 .jpg

附加檔案 4. Harper 講稿 .txt

一八八二：黑鬚仔的收藏

黑鬚仔不曾開口要過，但頗有連聽說其他地區的信徒已紛紛將自家的神主牌、佛像絡繹不絕地奉獻出來，難免也產生輸人不輸陣的壓力。這次集體入教，他告訴族人們，希望後天黑鬚仔來時，大家也能夠交出一些信物。

旺財對漢人與部落傳統的信仰一向都很疏懶，接近基督教實在是因為對醫療的需求，黑鬚仔的醫術比較靈驗，所以對旺財而言，這是很簡單的條件交換的概念，不像其他人還有諸多考慮，便一口應允了。問題是，他家並沒有公媽和佛像，拿不出什麼像樣的「信物」。

回家的路上，妻子見他困擾的樣子，知他爽快答應，這下子反而複雜化成了面子問題，怕他把主意打到祭祖時用的管珠耳飾上頭，便提醒他家裡還有那面旗子，送給黑鬚仔收藏，他一定會高興的。

那面骯髒的三角紅絹順風旗是家裡唯一一樣好像有信仰意涵的東西：旺財夫妻不識得上頭繡的「順風旗」、「慶讚中元」、「頭旗」等等漢字，他們不識得任何字，他們只依稀知道，這玩意兒是搶孤的戰利品，用來保佑行船平安。簡單來說，這旗身世不明：祖先既非漢人，又以務農為生，並不靠海吃飯，為何擁有它並將它代代相傳，隨著長輩們的過世，已經永遠成謎了，成謎的同時，自然也就失去了家族情感以外的其他意義。

顏有連曾經跟旺財形容過黑鬚仔的寶庫，他有幸獲邀進去看過。裡頭有各式各樣可以想到的尋常物事和奇珍異寶，有蛇和昆蟲被他封存在靜止狀態，像是死了又像是活的，有會發出詭妙聲音的樂器，有漢人、泰雅和噶瑪蘭的傳統衣裳，有美麗的珊瑚、成堆的佛珠，有比天后宮還要多的大大小小神像，足以擺滿整面牆的神主牌，有泰雅族人獵首過的長刀，刀鞘裝飾著許多人髮，也有一整套的泰雅紋面工具。房間的四個角落各有一個真人大小的人像，分別打扮成道士、和尚、泰雅男人和泰雅女人。顏有連描述得口沫橫飛，旺財稍微想像了一下，卻打了個寒噤。

旺財的妻子繼續說著，那旗子比起神像和神主牌更神氣更特殊，黑鬚仔會喜歡的。

於是就這麼定了。旺財想好了說辭，將旗子先拿給顏有連審查，他對顏有連再三強調順風旗的珍貴，但這麼一來弄巧成拙，顏有連反而開始產生了懷疑，這麼寶貝的東西怎麼不曾聽他提起，看起來破破爛爛也不像被好好保護過。

這顏有連本是名廚師，起初並不特別受到黑鬚仔的青睞，直到在這裡小有傳教成果，才獲得黑鬚仔認可，成了黑鬚仔倚重的傳教人。顏有連向旺財借了旗，旺財猜得出他的用意，慷慨地點了頭，真金不怕火煉。

隔日早市的時候，顏有連到從前常去的魚市場去問了幾名相熟的漁夫，不想大家都聲稱沒見過這種東西。顏有連心下有氣，旺財竟膽大包天至此，想用這破絹布搪塞黑鬚仔，幸虧我顏有連明察秋毫，這下子定要去找他好好譴責一番。

拿著旗子找旺財興師問罪的途中，顏有連卻又屢次被方才裝傻的漁夫各自拉到一旁，偷偷詢問那旗子開價多少。在某個轉角，他甚至感覺到一股他想指為邪惡的熾熱目光。這旗子非同小可，他把旗子收進袖子裡，一路驚慌地東躲西藏，確定把尾隨的撒旦甩開後，才到旺財家，把旗子給還了。

「這旗仔無問題，」顏有連說，「你愛細膩保管，莫予別人看著。」

通過了顏有連這關，旺財得意地笑了。

又次日，黑鬚仔駕到，顏有連帶領著大家在他面前唱譯成台話的詩歌。黑鬚仔很開心，他說，這些美麗的歌聲在河岸邊迴盪，似乎比起在教堂裡更能夠榮耀、讚美上帝，因為大自然是神最美好的恩典。

見黑鬚仔心情愉快，顏有連暗示旺財可以帶頭進行奉獻了。旺財恭敬地拿出了旗子，向黑鬚仔說明這面順風旗是討海人迷信的一樣物品，有多麼多麼難得，是如何如何稀有，本屬於祖先，如今屬於神。

顏有連不動聲色地觀察著周圍，確認所有在場的人，不管是教徒或非教徒，都親眼看到這旗子已經落入神的使者之手，對該旗有覬覦者，應知如今奪取無望。黑鬚仔渾然不覺顏有連心中的盤算計較，讚許地拍了旺財乾瘦無肉的肩膀，親切地握了他厚繭樸實的手，又加碼深深抱了他一下，才以有限但標準的台語說：「真好，真好，上帝的囝仔。」黑鬚仔承諾會把順風旗擺在他的收藏中的一個顯眼的位子。

接在旺財後頭，有人送給黑鬚仔一套他自己應該不再需要，已婚的黑鬚仔大概也不需要的結婚禮服。有巫師家族成員拿來了成套驅除惡靈時必須使用的法器，旺財認為那是順風旗的強大競爭者，黑鬚仔收下後卻把它們放在離他最遠的地方。另外，旺財妻子所看重的管珠耳飾也有人奉上，黑鬚仔只是微笑接受了。黑鬚仔對致贈漢式神像或牌位的村人，詳細詢問了祭拜的時間長短。旺財心想，漢人信仰亦是移植傳入，族人擁有的時間都不甚長，因此易於割捨，黑鬚仔一定也看得穿這層道理。

那天之後，旺財喜滋滋了好長一段時間，在漢人與泰雅之間的夾縫中貧賤掙扎地活著，這個經驗說是他生涯中最光榮的一刻也不為過，即使後來有人告訴他，那順風旗可以賣很大一筆錢的，他也不在乎。黑鬚仔那一抱，似乎「啪」地斬斷了什麼，不過，斬斷了就斬斷了，他想他大概真的信了黑鬚仔的神。

刊載於二〇一五年六月二十八、二十九日《自由時報》副刊

百鬼夜行

鬼月裡我著實看了幾齣不錯的野台戲，日子愈苦百姓愈虔誠，占到便宜的就是荷包充實的戲班和白看戲的戲迷。聽友人說，在開山尊王廟連演三天的那個新戲班的劇情很有水準，我硬是排除萬難趕過去看最後的夜戲。

這台戲才開演了約十分鐘，就以狗頭鍘問斬強拆民宅的縣令。雖然深知那是標準的「胡撇仔」復仇劇情模式，我心裡仍因其扣緊時事而相當痛快。但這正是布萊希特所譴責的戲劇：觀眾對劇情投射了情感，便以為已隨劇中人採取行動（在此即「斬了狗官」），事實上什麼都不會改變，甚至，這種演出還可能受到政府的肯定，因為它提供了對時局不滿的情緒出口。

想到了這些，我一時間無法再融入劇情。待到回神，只覺所有人都在瞧我，我偷問身旁的歐巴桑怎麼回事，她笑道：「這位公子，你手上捧著繡球啊。」驚得我一身冷汗，莫非我糊里糊塗被選上了女婿嗎？

原來這是戲班獨創的互動單元：接到繡球者要扮演臨時巡撫，審問地方官員。我暗笑這真是符合現實的選才方式，大著膽子走上台，盤算著反正全都斬了就對了。

坐在堂上，我架勢十足地將驚堂木一拍，正要大展表演欲，誰知凝神一看，台上演員與台下觀眾竟全變成方才被砍頭縣令的模樣，同聲對我說：「殺了一個我，還有千千萬萬個我！」

刊載於二〇一三年九月二十九日《自由時報》副刊

我在回家的路上撿到一塊神主牌

人生走到這個坎站，老魯沒想到還會遇見這種奇事（說是衰事可能也還不至於），他在晨跑路上隨手撿起的這塊木頭，很顯然是一塊神主牌。

老魯四下張望了一下。地上紅包不要亂撿，一撿就要當人現成女婿。祖上同儕都傳承的這指教，他可沒忘。但撿了就是撿了，要他再丟掉一次，又好像沒那個膽。

並沒有人冒出來認親。反正沒急著回家，閒著也是閒著，老魯就在原地傻等了一小時。車來車往，無一駐留，老魯廢氣都吸到要做仙了。他記得以前這裡很清淨，不是像現在這樣的。但以前也不會有人亂丟神主牌。

一名少女衝著老魯喊：「老師！」老魯正茫然，原來是在喊他後面國中校門旁站著的一個年輕男人。那男人把少女拉到一旁低聲說話，但老魯全都聽到了。

「我不是叫你不要來找我？」

「不是啦老師，你的外套放在我機車車箱裡忘了拿。」她從書包裡拿出一件薄外套。

「那也不用——」或許是看到老魯耳朵尖起來了，老師的語氣硬生生地從責怪轉變為和藹，「那也不用專程送過來啊，你在這邊等我，你自己不就要遲到了。」

「反正騎機車。」老魯可以想像少女氣嘟嘟的臉——

「騎機車更要小心，不要趕時間就飆車。」——以及老師偽善的表情。

兩人說話聲越來越小，小到老魯以為他們走了，忍不住轉過頭去看：少女正往老師接近，而老師後退一步。「老師，我剛才有看到洪主任耶，都沒變，還是一臉機車樣。」

「你看到她？那她有沒有看到你？」

「我馬上就躲起來了。」

「你是說她看到你了嗎？」

「我是說，沒有，她沒有看到我。」少女恨恨地對老師說：「她看到我又怎樣？」勉強又加了一句：「老師再見。」

「文藝！」老師叫住她：「我們暫時不要再見面了。」

「你昨天在你家不是這樣講。」文藝快步走入校園。學校鐘聲響起。

「文藝！文藝！我的外——」老師沒有追上去。「——套。」

老魯低頭看著手上的神主牌，「真希望我們剛才沒有聽見這些話。」

「我第一次這麼近看神主牌耶，我家沒有神主牌。」騎著電動機車的男學生搭訕老魯，他湊在神主牌前很仔細地觀察著，機車沒聲音，不知道他在老魯身邊多久了。

「我家神主牌放在我家裡神明廳的神明桌上，華麗麗的，還有用一個玻璃櫃裝著。」老魯很自然地回答了。

「你的意思是說，這個不是你家的？」男孩一臉詫異。

老魯向他解釋了一番，並表示已經等很久了，這會兒剛做決定，打算要搭公車送去派出所。

「搭公車是快很多但又要轉車很麻煩喔。而且捧著神主牌搭公車？好像不是很妥欸。我心情很煩今天不想上課了，不然我騎機車載你去？」

老魯對這男孩的奇怪熱心有些防備，正要拒絕，此時那個叫文藝的女孩又走出校門，並且往老魯走過來，老魯這次心裡有數，猜這男孩跟文藝大概也認識。果不其然，是個三角關係。文藝指使著工具人男孩騎車載她去兜風解悶。男孩起初不願意，說已經答應要載老魯去派出所了。老魯不想涉入他們的感情，連忙辭卻。

「不然我們拿著神主牌去派出所，你搭公車去，我們在派出所集合？」文藝提供了一個好像很合理的解法。男孩和老魯一時之間無法反駁，於是文藝轉動了男孩的機車鑰匙，叫男孩下車，打開車箱拿出第二頂安全帽，順手把老魯手中的神主牌放到車箱裡，蓋上車箱，戴上安全帽，騎上駕駛座對男孩說：「高政為，還不上車。」一切如此理所當然乾淨俐落。

老魯連「啊」都來不及「啊」一聲，他們已經揚長而去。

政為畏縮地進入了派出所，神主牌放在背後。

「底迪有事嗎？」女警瞄了他一眼，又低下頭去做自己的事。

政為把神主牌拿到前面：「我、我要報案！」

「公媽牌！」男警看到神主牌，驚疑不定：「你你你要抗議的話，那個……可能不是來我們單位喔！」

女警聽見男警這麼說，才又抬頭，看見神主牌也很意外：「——對！我們只是間小小的派出所，一定是有什麼誤會，弟弟，不要激動，是不是被壞人欺負，家裡發生了什麼事？是建商嗎？還是流氓？還是建商和流氓？天啊我們這區有什麼都更案嗎？有什麼委屈說給姐姐聽，可以處理的話我們一定處理。」

「你不要敬酒不吃吃罰酒喔！不然這樣，我們幫你直接報到分局去好不好？政府不會對不起你。」男警接話。

原本政為打算解釋，但見到警察的反應，突然有點想要惡作劇，開始裝哭。

女警一見他哭，便對男警凶：「你嚇他幹嘛！他還這麼小。」她擠出一個勉強的笑容：「不然這樣，我們幫你直接報到分局去好不好？政府不會對不起你啦真的。弟弟，你沒有其他親人了嗎？好可憐喔，不然我幫你聯絡社會局好不好？還是我通知學校？你哪間的？」

男警看政為的書包和制服諸多盤算：雖然是好高中，但是管理方面很差。二年級？野了一年了。名字繡著高政為，沒有什麼特別感應。

「這真是整個社會結構的問題，或是家庭問題，或是你個人問題，嗯。」

「先不要通知學校，這間學校校風太自由了，我們占不了便宜。」男警跟女警商量。

「哎喲，我通知學校又不是要他們怎麼樣。我是關心他。」

男警拿出手銬耍弄：「政為啊，我覺得你還是不要鬧大比較好喔。」

「搞不好根本不是我們的轄區，底迪，你不要只顧著哭不說話啊。」

政為哭得更誇張了。

「不對啊，你姓高，怎麼拿著甄姓的牌位！」男警突然發現。

政為愣了一下才露出了心虛的微笑。

「我知道了！你是幫人出頭的！嘖，都是那個什麼碗糕花學運害的。」

女警也變凶了：「是誰指使你的？你不說沒關係，甄又不是什麼大姓，很快就查出來的。」

男警開始打電話：「喂，你們有個高二的學生叫高政為的在我們派出所鬧事，政客的政，為所欲為的為，請你派導師過來或是聯絡他的家長。」

女警奇道：「奇怪耶你，你剛才不是說先不要通知學校？」

「因為情況有變了嘛，他不是當事人的話，學校不會挺他。學校也是多一事不如少一事啊。叫學校領回去就算了。」

「你不要小看這些年輕人的力量喔，那些上街頭的哪個是當事人，現在抗議很潮。」

「年輕人的力量？暴力的力量啦，暴民啦。」

政為覺得聽夠了，把神主牌往桌上一放，站起來。

雖然動作並沒有特別大，但男女警都很緊張地大聲說道：「你要幹什麼！」

此時交通警察帶著文藝進來：「今天又抓到一個未成年無照肇事的。」

「我哪有肇事！」文藝看到政為，「你怎麼還在！」

「你們認識？」男警問。

政為搖頭，又坐下。

「少在那邊傲嬌。我們是同學啦。」

「妹仔，那你勸勸他，不要這麼不懂事。」

「他怎麼了？」

「拿著神主牌來派出所鬧啊，怎麼了。」

「……蛤？這是有個老先生在路上撿到的，他還沒到嗎？他說他會搭公車來。」

「這也太扯了。誰會把神主牌丟在路上，這不孝子孫會遭天打雷劈的啊！」

「就好像平常也不會看見大馬路上有棺材一樣，除非是抬棺抗議。」

冷氣轟地一聲停了下來，同時還把神主牌震倒。

老魯滿頭大汗地闖進一片安靜之中。

「就是他，他撿到的。」文藝拿起神主牌，「這長蛀蟲了，裡面都空的。」又把神主牌直立放好。

「好像什麼隱喻。」

「數典忘祖之類的嗎。」

「我倒覺得是在說所有一切，信仰，生死，鬼神，都是空的。」

文藝騎車載政為離開派出所的時候，遠方的天上正在下著雨，越下越近，越下越近。老魯獨自回家，他不知道這一整天到底自己在幹嘛。神明桌上，華麗麗的，還有用一個玻璃櫃裝著的那個神主牌，幸而沒有失去了蹤影。他在神明廳燃了一炷香。

二〇一六年五月三十一日初稿

二〇一八年十月七日二稿

吃炮

年初東興仔趁著難得的假期，捧著家裡的虎爺神尊徒步環島祈福回來以後，就開始茶飯不思，原來，他從虎爺會的 LINE 群組得知，政府的禁炮令要擴大實施了。原來是環保局根據實地監測，發現廟會燃放鞭炮瞬間，PM2.5 濃度怎樣怎樣地比正常值高出近幾十幾百倍幾萬倍之類的。總之放炮對空汙影響度不容小覷，所以準備研議在空氣品質不佳時禁放鞭炮。

這不是很奇怪嗎？東興仔在 LINE 群裡回應說，「在空氣品質不佳時禁放鞭炮不就表示，空氣品質不佳在放鞭炮以前就已經發生了？應該要研議的是官員邏輯不佳時，禁止發言。」

東興仔小時候被鞭炮炸進耳朵，所以有一隻耳朵聽力不太好，對生活影響不太大，只是對視覺的東西特別有感，有了智慧型手機之後根本如魚得水，整日都虎目圓睜用手機快速打字在虎爺會的 LINE 群組裡罵政府。

「古有明訓：上有政策下有對策，說不定大家一討論，事情就解決了。」

東興仔提議召開線上臨時會，發展卻出乎他的意料。

「正好我上禮拜去參加環保局座談，他們是說希望減少我們燃放鞭炮、煙火，用環保鞭炮或音樂鞭炮聲取代，紙錢減量，還有一爐一香……」虎爺會的老大哥這麼寫，一併附上「爆竹煙火施放管制自治條例」來給大家參考，但不懂得使用連結，直接全文洗版。

文字介面使用最小字的東興仔還是滑了好幾下手機才滑到下一則訊息：「時代變了啊。」一陣安靜，大概大家都還在滑。說不定真的認真在讀那條例。

果然，馬上有人引述了內文：「『在管制時間內燃放鞭炮者，勸導不聽就直接開罰主辦單位。』我們若不守規矩，對廟方也不好意思。」

「我們是最講究紀律的。」

一連串認同的貼圖又讓東興仔滑了老半天。大家的貼圖都差不多，是之前請人為虎爺會專門設計、販售的非常可愛的虎爺貼圖。當然這種貼圖一定都是要非常可愛的。太過可愛的。

「半夜十一點到清晨六點本來就不應該放鞭炮。」

「現在轎班也是要注意一下形象。」

「我們的形象很好啊。」東興仔回。

「事先向環保局提出申請並遵守規定也就是了，這個政策推廣那麼久，終於要真的全國實施，不要我們又不遵守，到時被社會笑，這樣不是反而讓虎爺沒面子。雖然說，這個社會我是感覺說，根本不懂。」

「去年一百公尺的炮陣，放了快一個小時，一百公尺也走了快一小時，視野只有一兩公尺，炮還飛到路邊住家的陽台，火都冒出來了。還好發現得快。」

「你講這個像是虎爺會的人該講的話嗎？」東興仔皺起眉頭，加上憤怒的虎爺貼圖。

「還有一次在入廟時有幾管高空煙火倒下來好險沒事，上次朴子的事情我看新聞驚都驚死了。」對方以新聞影片反制。

東興仔耐著性子看完影片：「那個是他們跌到到炮堆裡面。」

「一樣啊。反正廟會被公幹，第一個就是鞭炮問題。」

「廟會現在的特色就是比場面，比燒錢，比辣炮，比宴席，比LED啦。」這倒沒說錯。

「總之，有依程序申請活動，並提供鞭炮的種類。目前看起來是做到這樣就好，那也不算太過分。時代變了啊。」

「時代變了啦。台南那邊搞到信徒包圍消防員，難看啦。最後還不是要吞下去。」又傳來一個新聞影片。

「傳過的不要再傳了。」憤怒的虎爺貼圖像是東興仔的專用句號，其他人不痛不癢的。東興仔好想穿過螢幕，抓住他們的領子，拖到虎爺面前，叫他們好膽再說一次。

「我有特地去看過電子煙火，準時又乾淨，沒有滿地的炮灰，炸轎不知道能不能這樣搞？電子煙火開始慢慢流行了，也會形成一個趨勢了。還有什麼『空中美人』的，好看浪漫又靜音。」

東興仔拒絕點開影片。

「是啊，最近廟會只要不要太小場，多半都看得到。我上個月也有在地藏王廟那邊看人家用大型拖板車放，內容也有設計過，過程也精采，如果都能這樣我想會吸引一些原本不喜歡廟會的。我是覺得現在科技這麼厲害……」

「嗯，我看沒什麼好吵的，但是還是要看好時辰去跟虎爺神尊擲筊。」

「一定要的。」

「一定要的。」

「我們重的是禮數，不是場面。」

東興仔沉默了，所有人簡直像是已經先套好招，一上來就做好了決議，讓原以為所有人一定會與他同一陣線的東興仔驚詫不已。回想起來，的確每次在 LINE 上大罵，都只得到一些「嗯」，也許他們另有一個排除他的 LINE 群組吧，東興仔有點傷心。

留下來也沒意思了，東興仔按下送出，「不吃炮的話我要退出虎爺會。」

七嘴八舌的訊息聲好說歹說，東興仔才勉強答應看虎爺旨意再決定。

東興仔忿忿地把手機扔在一旁，躲到他收藏老虎藝品的房間裡。這一生為虎爺和虎爺會付出的感情究竟算什麼？好像只是自作多情。面對一室老虎相關的典藏，東興仔突然覺得有些荒謬。不管是鞭炮的存廢，還是轎班的爭論，還是藏品的得失。但無論如何，他仍然沒那麼灑脫的。

他想，我對虎爺的尊重放在心裡沒人能敵。當年虎爺可是給過我三聖筊。

三聖筊，不服也得服，再無異議。

但其他人也都有三聖筊。

「劈里啪啦劈里啪啦劈里啪啦劈里啪啦……」LINE 聲又響，錄音檔。東興仔用較聾的那隻耳朵聽它。

「這個炮聲如何？」傳訊的那傢伙不知是無神經還是挑釁還是錯過了剛才東興仔的退出要脅，還是傳錯了群組——莫非真的有排除東興仔的群組？

他只是想扛著虎爺神轎衝進炮陣，讓炮煙吃掉他的一切雜念而已，難道其他人不是嗎？

二〇一六年五月三十一日初稿
二〇二二年十月二十五日定稿

鄰人

李樹春細心地整理他的空中花園：當初他就是看上這個少見的大陽台才買下這層公寓。這座大型公寓社區有十幾棟大樓、五百多戶人家。李樹春住的這棟高十三層，五樓以下坪數較大，四樓的格局與五樓相同，多出來的部分就相當於一個大客廳的陽台。比起透天厝，一層樓搞定包括花園的所有事對一個老人而言還是方便得多。但他仍常感坪數太大，家裡人口隨著妻子去世與三個女兒的先後出嫁越來越少，但他不讓自己成為一個寂寞的老人，至少，他不讓自己成為一個願意承認寂寞的老人。

李樹春在薄荷葉上發現了白紋小毒蛾的幼蟲，拿剪刀把葉子一起剪落，隨手投入十年前全家中秋烤肉用剩的塑膠杯中，又用塑膠袋套在外頭包好，打算忙完了就去公園放生。眼角餘光瞥見自家的花貓公主豆花趁著太陽正暖，無聲無息地跳上兩家分界的矮牆，「喵嗚」地一聲召喚那邊那個人類快來服侍，但李樹春不理睬牠，只是隨口「喵嗚」敷衍就算了。

這個下午除了送往附近醫院的救護車曾尖叫過一次，只有賣苦茶籽油的幾趟來回，預告四點時將會在三賢宮的廟埕開賣，呼籲大家最好識貨、趁便宜帶臉盆來盛。四點一到，還真的從街頭到街尾冒出了老男老女，步伐搖搖擺擺似中元節遊魂一般，飄往停在廟前的貨卡，也真的有人帶了臉盆。李樹春在陽台上看得是一清二楚。他默默地著急，別被騙了啊，世界上沒有便宜的苦茶籽油啊。待老闆戴上耳麥開始販售，價格其實也沒如他所宣稱地漂亮，李樹春很快便聽出交易並不熱絡。

才稍微放了心，他又開始同情老闆，誰知道呢，說不定他家裡有病弱的老父老母要孝敬，兩老偷偷計畫著一同尋死，但對於選擇燒炭或上吊仍有分歧；有因懷孕而被無良公司辭退的妻子，挺著越來越大的肚子在外徒勞地奔波找頭路，直到他逼她在家好好休養；還有一雙仍在學的可愛子女，開學很久了，班上只剩他們交不出學費，兄妹倆約好不要讓父母煩惱這件事，最後是哥哥的班導師幫忙先代墊了兩人份。

為了一家老小，這位老闆您可得堅強。

轉過身打算進屋拿錢包才發現，隔著矮牆，鄰居邱雲不知何時也來到陽台。李樹春十分中意他頭頂上從髮旋轉開的星星狀花白頭髮。

邱雲左眼戴著一個心形並有白蕾絲的單眼眼罩。「我孫子送我的！」邱雲笑吟吟地拿出次子寫來的信，「大仔，又要麻煩你幫我念。」雖然僅存的右眼也視力衰退看不清內容，但邱雲不用想也知道這造型眼罩必定是愛孫送他的禮物。

邱雲指著花盆邊非常興奮的豆花：「豆花在玩什麼？」李樹春唉呀了一聲，把內裝毛蟲的杯子和塑膠袋從豆花爪下拿開。

「白紋小毒蛾的毛毛蟲。」還活著。

關鍵字「毒」與「毛毛蟲」使邱雲退後一步，「不要過來。」即使兩人之間隔著牆，而李樹春從不曾進入他空曠的陽台。

「長大會變蝴蝶嗎？」邱雲追問。

「會變成白紋小毒『蛾』。」

「唉，小時候醜，長大還是醜。」

李樹春不言語。本來蘭花種得好好的，很少有蟲害，也不知是發了什麼瘋想改種別的植物變變氣象，一動了手，馬上便吸引了好些個不速之客。如今要重來捨不得，不重來又對蟲害無計可施。這是他這一生不斷以不同模式重複的一個注腳。

「所以我才不種東西。」邱雲的風涼話倒不曾少說，不過見李樹春依舊沉默，也懂得趕緊轉移話題，「好啦，大仔，緊幫我念批。」

「這是求人的態度喔？」

「大仔，若是無你，我就若親像青盲仝款。」

「提來提來，你這支喙講話攏無站節，哪有人青盲矣閣這呢歡喜。」

邱雲遞上信和剛買來的苦茶籽油，李樹春不禁一笑。邱雲不知李樹春稍早的心境，還道他喜歡，便十分得意。

李樹春卻不收下苦茶籽油，壓抑著檢查成分的心情，叫他自己留著就好；接著戴上掛在胸前的老花眼鏡，將那一封再尋常不過的家書讀出來。邱雲三年前就是以這理由找上李樹春，從他口中的李老師、老李，到現在的大仔，好像還是昨天的事。

邱雲的次子每週寫信，堪稱電子時代世所罕見，李樹春雖嫌他文字無趣，卻也不得不佩服這不曾有誤的毅力。要不是週週有這些來信，他與邱雲最多就是見面點頭打招呼的小城鄰居吧。與邱雲結交後，李樹春才知道，邱雲的長子少年時代便離家出走，從此失去音訊，或許次子才會對保持聯絡這麼堅持。於是每當邱雲抱怨次子時，李樹春總是袒護他。

「他不錯了啦！我大女兒、二女兒都等我打電話去才會想到這世間還有一個老爸，還嫌我不會傳簡訊不會用 e-mail，我都吃這麼老了還叫我去學電腦，食卡歹咧，手機字又那麼小。第三個女兒每年從美國打回來的電話加起來也沒超過三通。上次全家見面是你大嫂過身彼時呢！」往往莫名地激動起來。

邱雲也只好緩頰說每個人孝順的方法不一樣，而且你看，我們身體很健康，頭腦很清楚，世界上有很多比我們更不幸的孤單老人，你如果像我連電話都不裝他們就會寫信了，但話又說回來，有心事莫鬱卒佇心內，沒事哭個枵有益身心健康。

「我哪有心事鬱卒佇心內。」

「好好好，你說沒有就沒有。」

「本來就沒有。」

信既讀罷，邱雲提了二胡，在矮牆邊的椅子上咿咿啊啊拉將起來，只聽得那熟悉的曲調穿腦而來：

……心事若無講出來，有誰人會知……

邱雲總是說，「人老了什麼沒有，無聊最多。」這手二胡是邱雲六十三歲時收掉民國路眷村附近的麵店、閒得發慌的那陣子學的，他還去上過老人電腦班，眼睛實在吃不消才放棄，也去過英語班（老師換成一位歐巴桑之後他就興趣缺缺）、書法班（安靜坐著簡直要他老命）、土風舞（扭了腳踝哭天喊地），唯有二胡小有所成。李樹春的學習精神就差多了，說起來他當年提早退休也跟他趕不上時代有些相關，不管是教學內容上還是教具技術上，都強烈感覺到被邊緣化。吃老無效，挖無土豆，不如早點手續辦一辦回家享清福，當初是這樣想的。如今，如今什麼沒有，無聊最多。

邱雲亦問過他，「大仔，你有沒有想要再娶？你不會寂寞嗎？」他先以誰像你老不修來回應，再小聲咕噥一句你每天在我身邊吵吵鬧鬧我哪有空寂寞。一把抱起豆花，這僅存的具有體溫的伴侶。

接著是一曲〈二泉映月〉，完全有違原本如泣如訴的情調，技術固然算是到位，聽起來卻像在假哭。的確邱雲是心情太好了。「你跟我可以去賣藝走唱欸，走唱不是都要有一個青盲的嗎？」邱雲了解李樹春一聲不吭即是沒意願，也不介懷，橫直這也不是真的邀約。

「今天天黑得好快。」於是邱雲又說。李樹春仍是沒反應，邱雲有些急了，「大仔，你敢猶閣佇咧？」

李樹春撫著豆花滑順的皮毛，嘆道：「你閣咧烏白講啥，明明——」

「大仔，我啥物攏看無矣。」

手才一鬆，豆花就縱身躍進了屋去。

◈

「大仔，來睏啦。」是夜，邱雲入住李家。

李樹春快速地寫著流水帳日記，正寫到看完醫生後竟然又跟邱雲出了一次門。

……兩人一起去公園放生毛毛蟲……

「好了沒？」

……他家實在太亂了，明眼人在裡面都可能會跌倒，所以我就要他今天晚上先過來一起住，比較有個照應……

邱雲又催，在床上半坐半躺。李樹春加快筆下速度。

……明天天亮他看得清楚點我再幫忙一起整理。以後的事情再說……

李樹春放下筆。

「好了沒？」

李樹春又拿起筆畫掉連續出現三次的「一起」，才合上日記。

「好了啦！」

「那你快來啊！」

李樹春慢吞吞地換了睡衣，幾乎帶著羞怯，幾乎讓人懷疑他寫日記這老半天莫非是想拖延上床時間。

「睡過去點。」他命令邱雲。

邱雲是移動了，但卻是往床的中央過去。

「喂。」

邱雲便又扭回原位。

「你不要以為你是病人就任性。醫生有說，你另一隻眼睛沒事。」

「醫生是說『暫時』沒事。而且我現在明明還是什麼都看不到。」

「那是因為現在不夠亮。再過去一點。」

邱雲亂動一番，實際上仍然沒有改變位置。李樹春最後還是上了床直接把他推過去，邊凶他幹嘛不躺平。

才知邱雲小時候氣喘嚴重，這樣的睡姿較舒服，後來病稍癒，可是也改不回來了。躺平反而睡不著。

「你燈關了嗎？」

「關了。」

「你不怕黑喔？」

「不怕啊。」

「我超怕黑的。我家電費每次都很貴因為我睡覺都要開燈。」

李樹春起床開了桌燈之後回床上躺好。

「大仔，你人這麼好，阿嫂實在是沒福氣。」

「別講了，睏啦！」

「大仔。」

「嗯？」

邱雲又想起一件事，二胡放在陽台。李樹春安慰他咱這裡沒賊偷免煩惱。

「不是，我是怕被露水弄溼，或是下雨。」

安靜。

「我是怕被露水弄溼，或是下雨。」

安靜。

「大仔。」

「嗯。」

「我的二胡還放在陽台。」

聽李樹春起床，邱雲竊喜。

看到他的喜形於色，李樹春啐道：「你笑那麼爽幹嘛？你以為你看不見別人也跟著看不見喔？」

一到陽台便聞到泥土的味道，想是要下雨了，李樹春抬頭看天空，什麼都沒有的，空的天空。一滴雨水像是來不及看到的流星落下，正好掉在他眉心，李樹春急忙跨過矮牆，拎了二胡，又跨牆回來。輕輕把琴放在桌上，「睡過去一點啦。」

「大仔，我跟你講，世界上對我這麼好的就只有三個人，一個是你，一個是我阿母，一個是我那個也沒福氣的短命某。」

李樹春臉頰熱熱的，心想有兩個已經死了，很快……

「大仔，你睡著了嗎？」

「嗯。」

「睡著了還會應話喔。」

李樹春從床上坐起，換成和邱雲一樣的、背斜靠著床頭的睡姿，「旁邊有人我睡不著。」

邱雲假裝聽不懂李樹春的意思。「騙痟，那以前大嫂睡哪裡？」

「以前當然睡這裡，但是我旁邊已經七年沒人了。」

邱雲拉著被子突然縮到床邊，「你不要對我腳來手來喔！」然後又迅速恢復原樣

李樹春作勢要把獨眼龍踢下床，想起邱雲看不到，改用說的：「我把你踢下去還差不多。」

安靜。

「你睡著了喔？」李樹春略帶後悔地搭訕。

「還沒睡啦！我身邊也很久沒有人睡了。」

「可憐喔，二十多年。」

「沒啦！我又不是吃素的。你去過釣蝦場嗎？」

也不想這上下文有何關聯，李樹春就老實回答，好幾年前到高雄找朋友時去過。第一次拿釣竿笨手笨腳，頭幾次不是勾到衣服就是扯到頭髮，但上手後也就容易了。朋友喜歡釣蝦但已吃膩，那一天釣上來的蝦子幾乎全是他吃掉的。胡椒蝦什麼的很多口味。

「喔喔。高雄釣蝦場也是有直接在旁邊煮吃的部門啊？也對，不然釣上來還要自己帶回去處理就太麻煩了。不過，我們這邊的釣蝦場跟別的地方都不一樣喔，我們的是『複合式』的，就是有賭博性電玩。」邱雲舔舔嘴唇，「還有房間。」

吃喝嫖賭一次滿足，李樹春這才明白邱雲問他有無去過釣蝦場並不是真的想知道答案。說是道貌岸然慣了也好，他不想聽。

於是死一般的安靜。

邱雲竟探向李樹春的胸口，故作溫柔：「大仔。」

李樹春撥開他手：「緊睏啦。莫閣講話矣。」沒多久，李樹春嘆口氣：「你又在哭什麼？」

「眼罩只能蓋一隻眼睛，我以後就不能用了。」

「又沒人規定。」

「可是這樣很奇怪啊。」

「你孫子送這是欲予你歡喜毋是欲予你傷心的。」

「沒事哭個枵有益身心健康。」

李樹春放任這獨眼龍耍賴。

「哭到睡著了。」

「唱歌給我聽。」

「你是囡仔呢？你根本就是紅嬰仔。」

「唱歌！唱歌！唱歌！唱歌！唱歌！唱歌！」

「好啦。」李樹春看著他，覺得人在黑暗中好像就可以比較不害臊，即使那黑暗只屬於邱雲。

「那我要睡了喔。」

「嗯。」

「要唱到我睡著喔！」

「各位聽眾朋友，我上次唱這首歌已經是四十幾年前了。」

那小小的小小的女兒們。

「嬰仔嬰嬰睏，一暝大一寸，嬰仔嬰嬰惜，一暝大一尺。」

現在是遠遠的遠遠的女兒們。

李樹春聽見大家的呼吸。

這嬰仔再大下去床就要崩了。

後來，邱雲曾輕手輕腳摸去了廁所一次，前進動作之慢，只怕不小心吵醒了他大仔，卻不知他正盯著他的一舉一動，想幫忙又不願被問怎麼還沒睡，開啟另一次沒完沒了的抬槓。

更後來，在李樹春也眼皮沉重即將睡去的時候，一股溫暖的撫觸來到他的胯間，他一身僵，不敢睜眼，半秒過去，腦中的空白填上了：自然，那是平時最熟悉的豆花。心跳一時卻還緩不下。

豆花在李樹春兩腿間的被子抓了幾把，又在其上繞了幾圈，像是李樹春把邱雲擠開那樣，硬是逼李樹春張開雙腿騰出更大的空間，然後就地舒舒服服地把身體蜷成一個毛球，李樹春一向認為這溫馨模樣難登大雅之堂，幸虧邱雲看不見。李樹春睡意全消，邱雲則不動如山地半躺著，嘴巴大開。

清晨醒來時，邱雲恢復了微弱視力，戴上愛心眼罩，來到桌邊，拿起二胡，自顧自開始演奏私房的輕快起床歌。

「天光啊唷喂，起床做工課。青盲啊唷喂，日子嘛愛過……」

李樹春透瞑歹睏，此時連罵他的精神都沒有。

「你出去。」

「我自己一個人你都不會擔心喔？」

「不會。」

邱雲果真乖乖去了陽台，豆花也早已出房覓食。李樹春一把老骨伸展成大仔的大字，好半晌腰痠背痛才紓解。

「喂。」

「幹嘛？」

「你不出聲我哪知道你死了！」

「喔！」

在邱雲喜孜孜的樂聲中，李樹春起床關掉亮了一夜的桌燈，猶記得夢境。

等待也是無聊的，人老了什麼沒有，無聊最多——夜裡那場雨終究沒有落下。

但也許快了。

二〇一六年五月三十一日初稿
二〇二二年九月二十八日二稿

收驚

他以為三歲的兒子執意要聽他說《三隻小豬》作為睡前故事有什麼特別的理由。不過似乎什麼都沒有，豬二哥木造房子剛被吹垮，兒子就睡著了。枉費他把大野狼形容得那麼暴力凶殘，從兒子的睡相看來，一丁點害怕的樣子也沒有。

整天忙進忙出的妻子責備他沒有分寸。他卻強辯道：「我是在試那間收驚的效果。」妻子也不跟他爭，只是沉默地繼續整理眾多紙箱裡的家當。

他離開兒子床榻，來到妻子身邊，使用強調語氣：「滿有效的。」見妻子無頭緒的模樣，便又追加解釋：「那間收驚滿有效的，你看他現在都不怕了，睡得那麼香。」妻子先是聳聳肩，然後又點點頭，算是敷衍了他。

他一把箍住她的雙手，「不要再整理了，聽我把故事講完。」

大野狼有同伴你知道嗎？其實三隻小豬裡的大野狼根本只是狼小弟，狼大哥和狼二哥都還沒出馬呢！而且他們也不只要吃豬肉，豬肉他們哪放在眼裡，他們要的是地啊！是地！把農地改建地，把農舍改成豪宅，你懂不懂？你懂不懂？你懂不懂！

妻子用盡了全身的力量才掙脫他，兩隻乾瘦的手腕上各自留下了紅紅的一圈疼痛。

「我懂，好不好，我懂。」妻子安撫他，明知道沒有用，還是說：「好了，不要再哭了。」

她讓他在兒子身邊躺下來，心想若收驚真的有效，明天帶他去。

刊載於二〇一三年十一月十八日《自由時報》副刊

火燒百花台

1

自從整修後開放參觀以來，家裡客人沒有上萬，也有幾千，客人們最讚嘆的是老戲台之美，筱珀也老早就打著讓那戲台再現風華的主意，總是在花廳候著，等導覽員帶著遊客進來後，就混在遊客中假裝閒聊：「要是這戲台演起戲來，不知道會是什麼樣子？」多數遊客客氣地敷衍她，也或許在心裡勉強想像一下，但他們太少看戲了，不管是現代的或是傳統的，所以難收筱珀所期待的推波助瀾之效。筱珀有復興的野心，但是對於如何復興也只有模糊的概念（一如遊客們的想像困難），算是個空想家吧。

這座戲台代表著家族中雅愛文藝的傳統，翻閱舊照時，筱珀也發現過在父祖輩甚至有登台票戲的經驗，只是隨著時代轉變，家族的興趣也轉移了到其他的娛樂產業。

這一天她又混在觀眾中，隨著導覽走了大宅一輪。已經數不清是第幾輪了，前來修復的那些藝術大學的研究助理看到她，向她點頭，雖然他們不確切知道她的身分，但是因為太常出現，約略也可推敲出是來自主人家族。

家裡大人多，自然輪不到筱珀這排行居尾中之尾的「小尾」作主，所以筱珀很清楚地知道，她的慫恿目標要鎖定在看盡繁華起落的老太夫人身上。幾次假借散步名義，推著老太夫人輪椅來到花廳戲台前，有意無意地暗示戲台不演戲就失去存在的意義，但老太夫人總是雙眼迷濛地看著筱珀指著的戲台方向，像是想起什麼過往，又像是對著現實發呆。筱珀深受打擊：老太夫人場面見多了，會不知道筱珀打什麼主意？想必是消極的心態居多。連著幾次這樣，筱珀也漸漸沒那麼積極了，戲台空著就空著吧，宅子都空了，戲台空著算什麼大不了的事情？

剛過完年的時候，約莫元宵前後吧，筱珀又一個人在夜裡蹓進花廳，夜裡謝絕訪客，是大宅子難得清靜的時段。年夜飯家族齊聚台北家族企業的飯店圍爐熱鬧的景象，對映眼前的寂寥，筱珀想起她國中時曾經很有共鳴的《紅樓夢》。那一年九二一大地震把學校跟大宅都震了個垮，筱珀放了幾十天的震災假，上網和看電視關心最新的救災進度搞得有點神經兮兮，決定轉移注意力，這時身邊只有《紅樓夢》有足夠的厚度和難度讓她可以消磨時間。

請老太夫人點戲好了，筱珀突然靈光一閃：學《紅樓夢》裡那樣，筱珀記起來，《紅樓夢》裡有好多點戲的場面，古代的有錢人是這樣過大日子。請戲為老太夫人祝壽，而且老太夫人生日正逢中秋，月圓人團圓全家大集合，簡直不演戲慶祝都不合理了的感覺。當然等老太夫人答應了，再順水推舟說：「在大花廳演出再適合不過啦」打蛇隨棍上一般。

於是筱珀當真大著膽去問老太夫人了，而老太夫人竟然沒給拒絕，而是答應會考慮看看。

2

老太夫人覺得，這個小太孫女根本什麼都不懂，顯然也不太懂「點戲」，大概以為這跟去KTV點歌一樣。另外，固然樓起樓塌生離死別的事情經常過眼，但將自家跟《紅樓夢》類比也實在不倫不類。再說，連自家人對舊時富貴的想像都貧瘠到得依靠清朝的小說，老太夫人不禁暗暗搖頭。

大花廳是個大宴會廳，有一戲台和露天觀眾席，從前家族若有人結婚生日等喜事，必招募戲團前來演戲，一九三〇年代開始，配合政府政策，也避免樹大招風，才不再演戲，只用來放置神主牌。

老太夫人年輕時看過台上演過不少京戲，多是些教忠教孝的歷史戲碼，《趙氏孤兒》、《擊鼓罵曹》什麼的多了去了，但一直不特別有興趣，畢竟說的是聽不太明白的語言。但能從女眷專用的入口進入二樓，和其他平時大門不出二門不邁的女眷們有個透透氣的機會，就開心得不得了了。她總是主動坐在看戲視野最受限的最側邊，無所謂的感覺，妯娌們也樂得她讓，不曾問她為什麼。

老太夫人還是個閨女的時候，也是被嚴加看管的姑娘，這一生也沒打算有什麼違逆，除了她見後門沒上鎖偷溜出去的那一天……

那天她還看了《火燒百花台》，一齣她這輩子唯一看過的高甲戲，看的時候她甚至不知道高甲戲是什麼意思、跟家裡演的京劇有什麼差異。

《火燒百花台》是由泉郡錦上花劇團高甲戲藝人編劇、編曲的才子佳人戲碼，搬演一忠孝節義女兒愛上貧苦男子，而嫌貧愛富父親橫加阻撓的故事。

讓她印象深刻的不是其中的種種情節曲折，而是幾近寫實的火景。那個時代，舞台布景機關正流行，所有跨劇種的商業劇團都以逼真寫實誇張的舞台配備招攬觀眾，毫不考慮與戲曲的非寫實表演風格是否相稱，但無論如何，觀眾仍是癡迷投入了，一如年輕時的老太夫人，仍是個未嫁的姑娘，目睹另一個未嫁的姑娘的父親，因為反對她的愛情，而用放火燒女，點燃女兒所在之處的百花台，不惜要她一死，也絕不妥協。她沒看完戲就驚慌地逃回大宅，幸好尚無人發現她的短暫離家，但從此她對看戲便產生了莫名的排斥。

老太夫人後來讀到了芥川龍之介的〈地獄變〉：「畫好屏風的第二天晚上，他在自己屋子裡懸梁自盡了。失掉了獨生女，可能他已無法安心地活下去了。他的屍體埋在他那所屋子的遺址上，特別是那塊小小的墓碑，經過數十年風吹雨淋，已經長滿了蒼苔，成為不知墓主的荒塚了。」《火燒百花台》裡的那位父親呢？老太夫人有點好奇，她想，那父親總該受點像這樣的折磨和懲罰吧？但是她知道這樣的安排是不符合戲曲的脈絡的，甚至比舞台上電光閃爍可能都還要更出格。

她後來偷偷探聽知道了有《火燒百花台》的電影，那時她已是個較自由的婦人了，便與丈夫同去觀賞。熬到了電影最後，總之便是高中狀元，盡釋前嫌，闔家團圓，一如她的想像。丈夫則始終不知道她在生什麼悶氣，或者該說，始終不知道她在生悶氣。

3

老太夫人點了《火燒百花台》，筱珀壓根沒聽過，好不容易搞清楚了，也一直找不到人演，未能趕上在中秋節演出，老太夫人就去了另一個世界。最後一刻是筱珀陪著她，她死前好像看見了什麼，莫名地驚恐。

二〇一六年五月三十一日初稿
二〇一八年十月七日二稿

島嶼之間

1

稻禾站在岸邊，裙襬微溼，跟海大眼瞪小眼，好像不動的礁岩，或是消波塊。她想，這樣很好，這樣很好，不然就這樣站一輩子好了。

一名少年遠遠地就看到她，以不具侵略性的速度接近，釋放友善的氣息，因為他很有經驗：「姐姐，你一個人嗎？」

她沒有聽到。

今天的海跟昨天已經不一樣了，因為丈夫的骨灰已經遵照他的遺願灑進了太平洋。他說，人很小海很大，稻禾只覺得他還那麼年輕而海那麼老。從本島來這離島之前，海盜船是稻禾唯一搭過的船。約兩個半小時的航程，她直接勉強自己睡掉，不去想所有的一切。在這裡待了比預計更長的天數，是想將骨灰在身邊多留幾個晝夜，即使這些人體灰燼只是物理性的存在。她當然能體會這是丈夫貼心要她放手的儀式，她也已經拖延了一年。

但終於這是她在這個邊陲小島的最後一個傍晚。

少年總算來到她身邊：「姐姐，你還好嗎？」

稻禾也不可能跟他分享這許多心事，連忙擠出制式笑臉：「沒事，我喜歡看海而已。」她知道自己真的太可疑了，昨天也有一個穿西裝打領帶提著公事包、約莫四十幾歲的男人來跟她尬聊企圖安慰她，雖然他明明比她更像是來跳海的。而少年是一個十幾歲的黝黑小毛頭，打著赤膊穿著短褲，手上拎著蛙鞋，一派張揚的青春。

這世界比想像的還關心獨自前來海邊的人。

「這邊風很大很危險，而且也快要漲潮了。」少年說。

「我不要緊，真的。」

「那我可以在這邊坐下嗎？」少年也不管她答不答應就坐了下來。她很高興這樣，因為如此一來不用跟他面對面。

「我剛才有幫你拍了一張照片，要不要我傳給你？你很像一塊隨時要裂開的石頭。」

少年很了解自己還不到會被視為變態的年紀。

如果他不問問題就好了，但她也沒有答腔的必要。

「平常只要是看到像你這樣一個人來的，我都會多注意一點。」少年讓稻禾看那張背影照，稻禾敷衍地看一下。

「你真的不用擔心我。這裡觀光聖地，人那麼多。」她讓自己聲調提高一些，再加一點撒嬌，聽起來會比較開朗。

「反正我也沒事。」

「每個人都是一座孤島。」

「但是島和島之間，有海啊。」

稻禾擺擺手表示不想再談下去，開始緩步移動，拉遠他們之間的距離。不讓他這種正向和現實感強烈的存在破壞她悲傷的情緒。

少年也不再緊逼，只是持續盯著稻禾的動向，直到天黑。

前一天少年才剛救了一個人上來，但那人現在仍昏迷中。太晚發現了。少年的自責稻禾不會知道。

看不見海了，從海浪聲中感覺不到丈夫了，稻禾在暗中默默流著眼淚。她茫茫然走回旅館時已經忘記了少年。

在稻禾背後，有觀光客正在放煙火、嬉笑著，或許也像她一樣，各有各的塊壘。少年常常疑惑，那麼多人來他的島上散心，不知道當這裡變成自己的傷心地、自己也需要療傷的時候，還有什麼地方可以去。

見稻禾走遠了，少年才感覺到飢餓。少年當然不可能總是為這些煩惱的人們駐守在岸邊。在這島上他有家要回、有人要喜歡（雖然人家好像不太有意思），他的心靈還沒有受到太多的摧折。

「楊存希你幹嘛？耍憂鬱喔？」

少年一聽到這聲音就不由得精神了起來，轉過頭去果然是那個喜歡的人（雖然人家好像不太有意思），嘴巴上嘲笑但表情是關心的，她知道少年很在意昨天的溺水男子。

「昨天那人雖然還在昏迷中，不過生命跡象穩定。本島那邊的醫院說的。」她一從衛生所下班，就來告訴他這消息。

「你做得很好了。」她說。（也許她也沒有那麼「不太有意思」。）

阿希心裡感激，想笑卻溼了眼眶。

2

差不多在稻禾對阿希說出「每個人都是一座孤島」的同時，海的另一邊，釣客與警員小葉已經在本島的東海岸進行完一輪討價還價了。即使是舊識，小葉也開始失去耐心，怎麼老是一勸再勸勸不聽，這世上這許多不守規矩的人。

「海岸線這麼長，為什麼你一定要在禁止釣魚的地方釣魚？較緊包袱仔款款咧。我不想幫你收屍。」釣魚的樂趣小葉從來沒理解過。

「夭壽！你說的那是人話嗎！」

「我不是真的不想幫你收屍。」

「閣講！」

釣客不情願地開始以極仔細的步驟把他的各種小工具收納進去配件盒，再裝入防潑水的駝色釣魚包中——但仍不去動釣竿。「我共你講，釣魚喔，不是說不釣就不釣這麼簡單。而且這又不是壞事。」頂著駝色抗ＵＶ防潑水漁夫帽的釣客從駝色多口袋防潑水釣魚背心的口袋掏出打火機和菸，「我安安靜靜釣魚又沒有礙到誰對不對。釣魚是一種

『癮』，『癮』你知不知道，你若是抽菸——」

「我不抽菸。」

「對，你不抽菸。好，你若是愛打麻將——」

「我不會。」

「喝酒？」

「不喝。」

釣客翻個白眼嗤笑一聲，這傢伙連這話也說得出口，該不會忘了那天的事吧！但他還是繼續問：「你若是愛女人？」

「我不——嘖！不是每一個。」

「這位出家的師父，阿彌陀佛。」

「我過得很好。」

「聽你咧放屁啦。你這款的人生閣有啥趣味？」

「我不賭博不喝酒不抽菸有什麼不好。我整天都被你們這些人耗掉了，沒女人難道是我的錯嗎。」

「怎麼會是我的錯啊。莫牽拖，你喔，趕快娶個老婆就不會這麼鬱悶，把氣都出我身上。啊啊啊啊！有魚上鉤了！」

釣客死命拉住釣竿，小葉插著腰不肯幫他。然而瘋狂捲線、釣竿一拉，卻像老掉牙的卡通一樣，僅是釣起了一隻破鞋。釣客不放棄，檢查了鞋子裡沒有倒楣的傻魚，才失望地把鞋子扔在一邊。

「甘願矣啦，緊離開遮啦。賭你一个。」小葉順勢把釣竿接過來拆解收好，釣客瞪著他但不敢搶回來，他還是知道一點點法治和分寸的，一點點。

一隻海鳥飛過，「啊、啊」地叫著，吸引兩人往海上看去。其他的被勸退釣客和員警也發現了，有人恐慌地發出了叫聲。

「我要吐了。」釣客腿一軟，小葉準確地支撐住他，扶他在堤防旁畫著黃黑警示斑紋的水泥塊旁先靠著。

不只一具的浮屍正在海面上載浮載沉。

是偷渡失敗吧！小葉拿出對講機請求支援。

3

偷渡客全員溺斃不是小事，醫院大廳擠滿了東部媒體界幾乎所有的記者們。小葉被推派出來向記者說明現場狀況，他卡卡頓頓支支吾吾背誦著繞口的書面用語，這是警界的習慣，以防脫稿演出說出什麼不該說的，小葉沒見過這麼大陣仗，一緊張起來腦中一片空白，記者們也不掩飾他們的輕視。待他好不容易講完，所有人立刻轉往同為目擊者的釣客，釣客拿著釣起來的破鞋侃侃而談，生動地描述他如何釣起這隻疑似罹難者遺物的過程、海鷗如何異常鳴叫、他警覺事情大條了時心中如何大感不妙、如何抵擋不住心靈衝擊而腿軟，他的心臟禁不起這種事，年紀大了只有一個釣魚的興趣，受到這個刺激以後不知道釣魚會不會有陰影，不過他當然不會去申請國賠，員警很負責本來就一直勸他不要在那邊釣魚……等他講到身上的衣帽和釣魚工具包都是兒子送的禮物、兒子也是記者你們應該都認識的時候，記者們已經各自找位子在發稿中了。

釣客仍處於亢奮的狀態，也不覺得掃興，瞅著一名筆記型電腦打得劈里啪啦響的年輕記者，笑吟吟地等他來訪問，他總是會來問他的，別人都問了嘛。

對方也只好開口：「爸，那個鞋子是不是該交給警方啊。」

「免，這個太破爛了。應該在海裡很久了。」釣客心想，兒子剛才顯然都有偷聽到。

「那你剛才真是在亂講欸。講得跟真的一樣。」

「我真的釣到這個啊，不信你問那警察。而且大家還不是沒質疑我，你們記者啊，要用用腦袋啊！」

「嘖！大家是相信你。」

釣客打量著兒子，「啊，你不是說已經申請要調去台北，後來怎樣？」

「沒怎樣啊就等。」

「不去台北也沒關係啊。」釣客試探地說，「你在這邊也沒跟我們住，不是因為我們才要去台北的吧？不知道的人看你這樣，還以為家庭沒溫暖。」

「這不是講過一百次了嗎。好了啦，我現在在上班。」

「啊你就假裝在訪問我就好了。」釣客又把破鞋捧起來，示意兒子為他照相，兒子被他逗樂了，幫他理理衣服。

「有點舊了。」

「那所以說你今天要不要回家？」

「今天沒空啦，週末再說。」

釣客看見警員小葉一臉陰暗的樣子走過他們身邊：「欸，你那會雄雄看起來遮爾歹看面？」小葉移開眼神，不想跟他們講話，跟其他同事一同離開了。

「他也在上班，不要這樣。」兒子問。

「有什麼不可以的，就朋友啊。真奇怪。」釣客聳聳肩，「不然我們去外面吃個雞蛋糕再走？」見兒子又翻白眼又長嘆地，一副這爸爸怎麼這麼不懂事的樣子，釣客不等他開口就更改了提議：「我去買給你啦，真的是大少爺欸。」

4

當天晚上，同一間醫院這間的普通病房裡，有和其他普通病房一樣的兩張普通病床。小葉的父親躺在右邊那張，新來的無名氏則在左邊的病床。夜裡兩床之間的布簾通常是整個拉上的，像是兩頂蚊帳一樣，小葉已經結束白天的工作，坐在父親病床旁的椅子上削蘋果，和所有的陪病家屬沒有什麼不同。

隔壁病床的無名氏從離島轉來，正是前一天見稻禾形跡可疑而搭訕的那人，也是少年阿希救起的男子。比起偷渡客的運氣算是好了一點。

在安靜得出奇的病房裡，小葉自得其樂地一人分飾三角。

先假裝是無名氏：「你好！我也不會講話，我現在昏迷中。」

接著假裝自己是自己的父親：「真是太巧啦！」

又恢復成自己：「爸！這種不幸的事有什麼好巧的！」

「啊！是我不對，失禮失禮！」

「哪裡的話！您說得沒錯！真的是很巧！以後還請多多關照！」

「我自己是愛莫能助，我兒子倒可以幫幫忙。」

「那是一定的！」

「這兒子不成材，老丟我的臉，您別嫌棄，盡量使喚他。」

「爸！」

小葉嘩啦一聲地從椅子上站起來。

「媽的，連變成植物人了都還嫌我。沒我看你怎麼辦。」

在安靜得出奇的病房裡，小葉不知道還有什麼好說的。他煩躁地打開電視機，正好看見自己在新聞裡緊繃的樣子。於是他繼續削下一顆蘋果。

5

無名氏動彈不得，但小葉的喃喃自語他聽得一清二楚，而且實在讓他暗自恐慌。隔壁又傳來一些像哭泣的聲音，無名氏覺得此刻跟在海上漂流時一樣無助。幸好小葉沒多久就離開了。

跟老婆離婚了，三年沒聯絡，又丟了工作。就算死去，一時三刻也不會有人注意到，當然也不會有人找，不會有人擔心，不會有人恨也不會有人哭。

一定有的，一定有的。他想搖頭把負面想法搖開但身體仍是一動也不動。

其實本來是想……其實本來是想死的，想死在海裡，活著的時候這麼無趣，至少死要死在一個美麗的地方。所以最後一趟旅行一定要往東部前進，還臨時起意買了船票，沒去過任何離島，但離島一定都是更美的。

他很快就被海的千萬種色彩說服，幻想自己在裡面游泳、浮潛、騎水上摩托車、划船，過過看海灘男孩的生活，這些都不會但要學都還來得及吧，活到老學到老。男人就是對海有眷戀、有羈絆啊。

這個時候他發現有個女人也在看海。一開始無名氏只是覺得，這女生膽子真大，自個兒在那麼高的礁岩上吹風，但越久越清楚，沒有一個帶著好心情的人會那樣站著的。他決定採取行動，就算她沒有尋死的念頭，一個人站在那邊也很危險。他也知道自己很好笑，沒幾分鐘以前也是個一心尋死的傢伙，轉眼間就變成一個阻止別人想不開的礙事者了。

她說，她不是一個人，然後拿出一個骨灰罈，說：「我丈夫跟我一起來的。」無名氏判斷那大概是逐客令的意思，尷尬地告退，但過不久，他發現那女人不見了，又忍不住過去看。

他站在稻禾原本站的位置上往下看，很怕自己來得太晚，那個時候天色已暗，視線不佳，一個腳步沒踩好，無名氏就跌到海裡去了。

無名氏不會游泳，這是他最初會選擇跳海的理由。幸好阿希救了他。剛抵達離島，就又被送回來，自己的人生總是在原地兜圈，一場徒勞，無名氏想嘆氣，也是嘆不出來。

6

「這麼久沒回來住，棉被收在哪裡知道嗎？」釣客說服了兒子回家，喜形於色，兒子則是開始後悔自己的一時心軟。

「知道。」

「要不要吃宵夜？肚子餓自己去前面新開的便利商店買。」釣客掏出一千元。

「我有錢啦。而且不是剛吃完？」

「喔。較早睏咧。」

「好。」

「騙痟。」

「要不然我要說不好喔？」

「我說你一句你應十句。」

「我應一句而已。」

「閣應！較早睏咧啦。」

「喔。」

「好像我在求你咧。」

「爸！」

「好啦好啦。明天幾點起來？要叫你嗎？」

「我有設鬧鐘。」

「早餐要吃什麼？」

「我去買好了，你要吃什麼。」

「真的假的你去買。那我要吃那個，你知道天后宮前面——」

「那麼遠喔。」

「好啦，外面巷口買就好啦。一千塊給你。」

「免啦。」

「我要來去睡了，你房間灰塵稍清一下再睡，要不然你又過敏。知道棉被在哪裡嗎？你不要等我睡著了又跑來問我。」

「知啦。」

終於結束了談話，小鈞吐了一口氣，看著父親放在電腦旁的千元大鈔抓頭：「啊都忘記要寫什麼了啦。」

他後來還是把父親叫起來問棉被放在哪裡。

7

海風的味道像是漸層的顏色，逐漸從空氣中退出。穿過天后宮廟埕，稻禾被裊裊香煙圍繞著，今天是平常日，近午時分也沒有太多擲筊和搖動籤筒的聲音。

這次去離島帶了天后宮的平安符，一路平安，稻禾在離開東部前還是來謝謝媽祖的保佑，也向神明報告已經完成丈夫的遺願。她說，還是不太了解他為什麼那麼堅持，不過他也沒辦法解釋了。

「祢若是在海上遇見他，請幫我跟他打個招呼。我是說，海上那邊應該都是祢管區？還是那邊是祢的……姐妹負責的？請祢的姐妹跟他打招呼也是可以。不好意思，我雖然跟祢講話的語氣這麼親密，也自信我的虔誠並不輸人，但是其實我覺得我現在很像在裝熟。我並不了解祢，甚至不了解這個宗教系統。但信仰不是建立在了解之上。

「至少我是這樣想的。

「裝熟也好，虔誠也罷，我還是喜歡我們的關係。話說我這次在海上才領悟到祢是我和海之間最大的聯繫。我是個島民，我信仰的，是一位海神，還有什麼更自然的？」

稻禾跟媽祖說，在離開東部，回歸生活之前，還有一個小小的任務要完成，那也算是一段遺憾的緣分。

8

無名氏覺得很奇怪，為什麼病房的電視要開著？是給家屬看的？現在只有兩個昏迷的人啊。大概是醫院覺得有聲音對病人比較好？還好不會很大聲，但不能轉台真是折磨，他看電視就愛轉來轉去的。漁業氣象欸，他一百年沒看過這種東西了。到了晚上九點十點，會換成為各種大小事吵架的節目，起初無名氏還會想用念力把它關掉（轉台好像難度更高），但現在他也逐漸習慣了。

「我想醒來啊。我不希望我會習慣這種事。」無名氏也流不出眼淚。

「為什麼是我呢。你說說看，為什麼呢？」他問隔壁病床、小葉的父親，自然不會有回應，或是他有回應但無名氏接收不到。

「活著哪需要什麼理由呢？」無名氏沉入床墊內。

這一夜他不再去注意電視裡的人又在吵什麼，並且接受自己可能不會再醒來的可能性。

9

領藥處在離普通病房不遠的地方，塑膠製的淺綠色等候椅上坐滿了各式病人與家屬，釣客兜著圈走路，正在講手機，手機用側臉和肩膀夾住，因為雙手正在開一罐剛買並且一直打不開瓶蓋的礦泉水。

「嘿啊嘿啊，多恐怖你攏不知道。都屍體，嚇死恁爸。心臟病差點又發作。我在電視上看起來帥不帥？哈哈。你有幫我錄起來無？要錄張雅琴報的喔！她比較有名，這樣我也好像比較重要。已經過了喔？那不然給我用那個侯什麼佩的。她沒有在做主播了真的還假的！其實我都沒有在看新聞啦。反正你就看現在哪個主播比較有名就錄她，沒有的話就錄較媠的就對矣啦！莫錄男主播的有聽到無？海釣？最近不敢了啦！我現在在醫院。聽你咧烏白講，我來提我心臟病的藥仔啦。還要二十幾號，有夠浪費時間。好啦好啦。要幫我錄喔！好好，再見再見。」

釣客把手機放在口袋，認真開瓶，總算打開。大口喝掉了半罐才停下來。偷渡客船難的新聞已經過了兩三天，他珍惜著最後幾回的親友熱情關切。

領藥處號碼燈亮，機械音：「五、百、七、十、一號。」

小葉來探視父親，正好與釣客擦身而過，略感意外。

釣客不等他開口：「欸！遮拄好！我來領心臟病的藥。」

「你心臟病喔？」

「對呀，這藥仔愛食一世人，你看有偌可憐！我攏遮可憐了，你還要剝奪我唯一的樂趣！」

「我？」

「啊就釣魚啊！不過這次真的嚇到我。在海邊真的是，會釣到什麼鬼都不知道。我有認真考慮以後是不是改去釣蝦場好了。」

「你海釣這麼多年，這樣就放棄了喔？不是還在跟我說你多愛釣魚。」

「你是在鼓勵我嗎？放棄當然是講講而已。啊你怎麼會在這裡。」

短暫沉默後兩人幾乎同時開口，但釣客稍慢一點點，簡直是企圖阻止小葉說出來那樣。

「我爸——」

「——喔對對對！我想起來了。」釣客一說出口就後悔，但已經太遲。

小葉一臉狐疑：「你知道？」

釣客掙扎是否要誠實：「很久很久以前你有跟我講過你爸的事。」

「我怎麼不記得。」

「有啦有啦。」

「我怎麼可能會跟你講這個。」

「你這樣講就不對，我們雖然沒有說很熟，也是認識六七年。」

「我不可能跟你講過。」

釣客因為感到被羞辱而生氣地挑起眉毛：「明明就有一次你喝醉酒自己講的！」

「我喝醉？我喝醉？我說過我不喝酒的！我上次喝酒已經是六年前我媽的忌——」

小葉想起來了。

釣客接口：「我就說是很久以前啊！」

「你把我丟在路邊就走了！」

「你那麼重！又不是女人，而且你是警察欸，在路邊過一夜不會怎樣啦。」

「你還給我掛狗牌，寫什麼『喝醉而已，沒死』。」

「我又不知道你家在哪裡！而且你哭得像個神經病一樣，你的酒品真的有夠差的差，難怪你不喝酒了！你不喝酒比較好沒錯。」

領藥處號碼燈亮。機械音：「五、百、七、十、二號。」無人領藥。

「我那個時候還有跟你說什麼？」

「忘記了。」

「快講！」

「沒什麼特別的啦。講的醉話都聽不懂。」

小葉窘著臉：「我沒跟你講我初戀的事吧。」

「幹，還初夜咧。你想講我還不想聽咧。」

「那我要走了。」

「緊走緊走。嘖嘖嘖。阿彌陀佛喔。」

小葉往父親的病房落荒而逃。釣客表情嚴肅，似是在回憶六年前他的醉話。釣客手機響起，他接起電話時表情就瞬間變明亮了。

「喂？對啊對啊……唉，不要這樣講，沒有人想因為那些可憐人的事情出名啦！」

他看錶、看燈號後，往外走去。

緊接著的是「五、百、七、十、三號。」兀自閃著紅光。

10

稻禾進入病房時，為了確認病床上的人，看了葉氏父子一眼，小葉又在削蘋果，對於有訪客的驚訝寫在臉上，稻禾向他禮貌地點頭示意後走向無名氏的病床。

「啊，真的是你。」稻禾眉心微蹙嘆道，雖然已經不是身穿西裝、手拿公事包的業務員打扮，五官臉型還是足以認得出來是那個說過幾句話的多管閒事好人。

小葉偷偷瞄著她，繼續削蘋果，稻禾雖侷促遲疑，還是選擇在無名氏身旁的陪病椅暫且坐下。

小葉這才發現不知不覺中多削了一顆蘋果：「啊。」

稻禾轉頭看怎麼回事，兩人視線相接。

「多削了，請你吃？」

無名氏的腳動了一下，但沒人注意到。

稻禾拒絕了蘋果，眼神指向小葉的父親：「令尊？」

「嗯。」小葉也以眼神指向無名氏：「你先生？」

「誰？他？喔不是。說起來有點複雜的關係，不過我跟他只有一面之緣。」

小葉困惑又有點尷尬：「這樣啊。」

稻禾由他的表情察覺他可能誤會了：「啊，不是你想的那樣。不是——不是一夜情。我在海邊的時候跟他聊過幾句，後來聽說有人溺水，我聽到有人形容那個溺水的人，聽起來很像是他，我就想來確認一下，如果不是也比較放心。不過是他沒錯。」她望向無名氏，「現在我也不知道我來了有什麼用。」

兩人無話，小葉只好又開始削蘋果。

「這笨蛋！連搭訕都這麼彆腳！」無名氏吶喊著，「我剛才那麼拚命才動了一下腳趾，結果也沒人看到！」

無名氏的腳又動了一下，比上一次的幅度更大一些，但仍不夠明顯，加上同時小葉正好開口對稻禾說：「蘋果很好吃。」並再次被拒絕，所以也再次被錯過。

「也是別人送的。大家都愛送蘋果給我，不知道為什麼。」

稻禾指著葉老爹：「不是因為他？」

「呃，當然是因為他，但是他這樣也不是一天兩天了，甚至也不是一年兩年了，已經不需要送蘋果了。」

「那就是你人緣好吧。」

小葉對稻禾突如其來的讚美不知所措，而稻禾則看著無名氏：「他這樣一動也不動，遠遠看真的，很像……」

「屍體。」

「對。啊，對不起。」

「我沒關係，我每天看我爸也這樣覺得。他們有沒有這樣想，我就不知道了。」

手機的國家級警報響起，一秒後一陣劇烈的搖晃：強烈地震，病床晃動，雖是島國日常，小葉立刻用身體護住父親。停電，還在搖……還在搖……停止了。電燈熄滅了半秒。

「你——放手！」

馬達運作的聲音傳來，醫院的緊急備用電力讓燈光重新亮起。

小葉還護著父親，他莫名其妙地看向稻禾，稻禾才赫然看到拉著自己的不是小葉而是無名氏，一時之間大驚，竟嚇得哭了出來。

「放開我！放開我！對不起！我剛才不是故意亂講話的！」

稻禾努力要掰開無名氏的手指，但是太害怕辦不到。小葉過去幫忙，總算分開兩人。「沒事了沒事了。」

稻禾稍微撫平了情緒：「我很確定剛才是他來抓我，不是我去拉他。我想他可能還有意識。」

「我去叫醫生！」

「我跟你去——」

11

從病房虛掩的門往內看，可以看到病房內的病患只剩下小葉的父親，也可以看到稻禾靠在小葉肩上睡著了。

稻禾突然像是溺水者重獲空氣那樣，倒抽一口氣醒來，意識到自己的樣子急忙打直身體，單手掩面遮住發紅的臉頰，揉揉眼睛：「對不起！我失眠了好幾天，吃了藥也沒什麼用。沒想到一鬆懈竟然就睡著了。」

「沒關係。」

「我睡了很久嗎？」

「大概三分鐘而已。」

「我有說什麼奇怪的夢話嗎？我做了一個很詭異的夢。」

「沒有。你失眠很多天了？應該多睡一下。你要不要把這椅子攤平睡？或是回家？這椅子雖然設計是可以讓家屬用來睡覺但很不舒服。」

稻禾搖頭：「我不要緊，你爸他沒事吧？」

「剛才醫生來看過了，沒有什麼異常。」

疲倦感持續向稻禾襲來，她打起精神找話題聊天：「你有沒有做過什麼印象深刻的惡夢？」

「我不太做夢。不過算是有吧。」看稻禾等他說，小葉便繼續道：「我小時候——噢，我爸以前是海軍——我小時候我爸爸曾經跟我說過，他們在海上有時會遇到很糟的海相，大浪之外還加上濃霧，能見度很低，連近在身邊的弟兄講話，都只聽得到聲音看不到人影。在白色濃霧下的，是一片不見底的漆黑色大海。船再大、弟兄再多，都覺得像是一個人乘著獨木舟在海上漂流。小時候聽得一愣一愣的，印象很深，因為那是我不太有機會見到的海的另一面。但是對我來說終究還是有些抽象。後來，後來……」小葉停頓，整理思緒，稻禾已經睡著了，但是他沒察覺。

「我跟我爸因為同一場車禍送去加護病房，我昏迷了幾天，像我爸現在那樣，或是像剛才那個人本來的那樣。昏迷的期間，這個我不曾親眼看過的霧中景象卻一直不斷在我的腦海中出現，像是做夢一樣，或許就是在做夢。一個人不知道要到哪裡去。不知道自己在哪裡。不知道霧會不會散，不知道自己能不能活下去。這就是我做過最可怕的夢。我想。」

稻禾的頭又歪到小葉身上，小葉還是想把這句話講完，但壓低了音量，說給自己聽：「我想我爸爸可能一直都還困在裡面吧。也許我也還困在裡面。」

護理師前來通知稻禾無名氏甦醒的好消息，小葉輕輕叫醒她，她決定不跟著醫護人員去探視無名氏了，「醒來就好，祝福他。」，但也就這樣了。稻禾離開了病房，離開了醫院，離開了東部，把這幾天的經歷寫成信件燒給了亡夫。小葉留在病房，留在父親的病床邊，這只是又一次的鄰床插曲，日子與怨恨仍要繼續下去，何必過問那位在他肩上瞌睡兩次的女子的名字與行蹤。

父親卻歪了個頭，說死就死了。小葉愣愣地看著他，許久許久。

12

小葉在一片白霧與巨大海浪聲中踉蹌行走，他大喊：「爸！媽！」但聲音完全被吞沒。遠方有燈塔的燈光出現。小葉往燈塔的方向前進，在浪聲中繼續無聲地吶喊，燈塔燈光卻突然就熄滅了，小葉停下腳步，想要確定自己究竟在哪裡。儘管白霧似乎漸散，浪濤也明顯變小了，但仍只有一片黑暗，死寂。持續的死寂。

因為這熟悉的惡夢而從沙發上滾落的小葉把毛毯重新披在身上，坐在地上，一如被長官指定在記者會報告案情時那樣地慌張。他看見一個年輕人在電腦前趴著睡覺，背上蓋著外套。小葉決定起來偵查一番，毛毯卻碰到茶几上的遙控器，掉在地上聲音不大，但是吵醒了對方。

釣客的兒子把背上的外套收好：「你醒來了啊。要不要喝點什麼？不過這裡好像只有溫水。」他邊說邊站起來伸懶腰打呵欠，為自己倒了水，看到窗外的天色：「啊，快天亮了。」

「請問這裡是哪裡？」

釣客的兒子笑說：「你記得什麼？」

小葉記得今天——昨天……下午到海邊閒蕩的時候，遇到一個朋友，跟他說了一些，心事。然後兩個人結伴去……喝酒。「只記得這些。」

「這是你朋友家。我是他的短期房客。」

「他去睡了嗎？我覺得好像見過你？」

「我也是在地的記者，可能記者會見過。」

「啊，記者。」這幾天發生太多事情了不是一個小鎮警察一下子習慣得了的。「你工作到現在？真辛苦。忙你的吧，不吵你。」

「我房東人怎麼樣？」

「算是個好人吧。」小葉說，「我人生中兩次喝醉都是和他在一起。第一次好像是在路上遇到的，他在我身上掛了張狗牌寫我沒死只是喝醉，就又把我丟在路邊。」

「哈哈，沒想到他會做這種事。我也不會喝酒，我爸自稱酒國英雄，酒黨主席，每次都說我這兒子給他丟臉。」

「嗯。」小葉慢慢走回沙發坐下，「我爸也很會喝。」

釣客從房裡出來，一邊披上外套：「你以後喝酒不要這樣自暴自棄的喝法，很傷身體。」

「吵醒你了嗎？」小葉感到內疚。

「對啊，三更半夜講話還這麼大聲怕沒人聽到。」

「你都聽到了喔？」釣客的兒子問，心想父親不知道從哪一段開始聽見。

釣客冷冷地對兒子說：「明天交房租，不然就把你趕出去。」

小葉察覺到釣客有些不高興，以為是針對自己：「我也該回去了。」

「你評評理，我沒有虧待過這屁窒仔，結果他剛才說什麼？說是住在這裡的房客。恁爸有跟你收過半分錢嗎？」

「他開玩笑而已啦。你看他都沒頂嘴。」

「最好是知道錯。每次回來回去都不說一聲，說來就來說走就走，我這裡比旅館還不如。吃到這麼大漢，書讀這麼多都了然啦，無效啦。」

小葉安撫他：「你先坐下來消消氣。」見小釣在一邊站著，對小釣說：「你也坐嘛。」

釣客不爽地阻止：「站著。」

「站著是要怎樣講話。坐下吧。」

釣客見兒子要坐下，又怒起來：「誰的話都聽，就是不聽我的。」

「大仔，你這樣很不給我面子。」

「坐啦，還要人請喔？」

兒子終於是坐下了。

「我爸還活著的時候——他還在醫院躺著演植物人的時候，我對他很壞。」

「你性地這麼好，哪有可能。」

「只有在對他很壞的時候我才能騙自己他還能感覺得到我。當你發洩負面情緒的時候，對方沒反應也無所謂。可是正面情緒沒有回應卻讓人充滿挫折感。」他舔舔嘴唇，「所謂正面情緒我指的就是正面的感情，就是愛，或是親情。也許那負面情緒也是由愛而生吧。總之我要說的是，我想你們的歧見也是類似這樣，因為正面情緒沒有適當、等量的回饋的時候，就只好用負面方式來表達，那，我想說的就是，這樣只會讓自己更難過而已，你們懂我的意思嗎？」

「你現在還醉嗎？」釣客受不了這種真情告白，兒子也一樣起了一身雞皮疙瘩，這對父子之間的問題真是小到不能再小，兩人對小葉的指教倒很有默契：比起被打動，更覺得尷尬，但人家畢竟是剛遭逢父喪，也只能盡量忍耐他藉說教抒發情緒。

「我好像喝多了話就多。」小葉似乎也察覺到了。

「你就是這樣連醉話都說得不乾脆。」

「大概吧。」

「你這幾天放假？」

「嗯。請了喪假。」

「有需要幫忙就通知一下。」

「好，謝謝。」

「自己人。天還沒亮，再睡一下吧。再來很忙。」

「嗯。」

釣客對小釣還是沒好氣：「你要睡去房間睡，在這邊趴著像什麼。」

「喔。」

「拿我的被子去蓋。我睡飽了。」

小葉吃了一驚：「啊，這是你的毯子？」

「不用客氣啦，自己人。」父子倆異口同聲，氣氛還是和緩許多了。

「我去散步。」

「這麼早？」

「天都快亮了。」釣客穿上兒子買給他的帽子和背心。小葉摺好毯子：「我也一起去吧。」小葉往釣客兒子看，他稍微迴避了小葉的眼神，整理桌上的東西，怕不小心又啟動小葉的長篇大論。

「晚安。」

「晚安。」

「早安了啦。」

「早安。」

13

海浪將無名氏的好消息送往離島，阿希拉著喜歡的人的手，在礁岩上跳起舞來。

二〇一六年五月三十一日初稿

二〇二二年十一月二十八日定稿

後記

故事的投胎轉世與異卵雙生

這一切太複雜了又太常發生，所以我還是在後記筆記一下好了，以免以後搞混大家的身世。

不知道小說家們是不是也這樣，但我在寫劇本的時候，最痛苦的階段是修改。但是這本小說集的十三篇小說中，〈湊陣〉、〈鄰人〉、〈銅像自身〉、〈我在回家的路上撿到一塊神主牌〉、〈島嶼之間〉卻都是先有了完整的舞台劇劇本，又改寫為小說。〈鄰人〉甚至在小說之前還有一個影像版劇本，〈湊陣〉也在小說發表後多了一個公視人生劇展電視電影的版本。

有故事就先寫劇本的習慣，跟我身為一個編劇自是密切相關。先不管幸或不幸，我還是一個有很多未公開庫存劇本的編劇。同樣的故事多試試哪一種文類來書寫更適合又沒什麼損失，也是一種理所當然（的自我催眠……）。修修改改縫縫補補之後，有時連原本的劇本也隨著改頭換面了。這種修改同一個故事的方式其實更花時間，但往往也變得比較不那麼討厭。

〈浮生〉、〈扛轎〉、〈不明的飛行〉、〈順風旗〉、〈百鬼夜行〉、〈吃炮〉、〈收驚〉、〈火燒百花台〉這八篇一開始就是極短篇或短篇小說的作品，在創作路徑上相對單純一些，比起其他不斷被重新檢視重寫的篇章，概念比戲劇性，對我來說他們未來成為劇本形式的可能性，也完全是開放的。

另外值得一提的，是在工作〈扛轎〉到一半的時候，小說逆向回去影響了我當時在寫的劇本《十殿》。初稿的〈吃炮〉是〈扛轎〉的前世，他們有著同一個隸屬北港虎爺會的中年男子（本書的〈吃炮〉已做大幅異動）；而〈扛轎〉的一部分被我挪用去作為舞台劇《十殿》的原始階段呈現〈地動尾〉；〈扛轎〉千里眼與順風耳塑像的崩塌也是《十殿》中很關鍵的劇情。在挖來補去的過程中（我稱之為挖東牆補西牆寫作法），倒也不是說必然越寫越好，但至少對於人物與情緒的摸索確實是越清楚的，也在判斷哪些是「多的」、哪些要留著、哪些年輕時在意而現在可以一笑的時候，漸漸更了解自己一點。

吳明倫

九　歌　文　庫　1　3　9　6

湊陣

國家圖書館出版品預行編目（CIP）資料

湊陣 / 吳明倫著 . -- 初版 . -- 臺北市 : 九歌出版社有限公司 , 2023.01
面；　公分 . -- (九歌文庫 ; 1396)
ISBN 978-986-450-513-5(平裝)

863.57　　111019766

作　　者——吳明倫
責任編輯——李心柔
創 辦 人——蔡文甫
發 行 人——蔡澤玉
出　　版——九歌出版社有限公司
台北市 105 八德路 3 段 12 巷 57 弄 40 號
電話 / 02-25776564・傳真 / 02-25789205
郵政劃撥 / 0112295-1

九歌文學網　www.chiuko.com.tw

印　　刷——晨捷印製股份有限公司
法律顧問——龍躍天律師 ・ 蕭雄淋律師 ・ 董安丹律師
初　　版——2023 年 1 月
定　　價——320 元
書　　號——F1396
I S B N——978-986-450-513-5
9789864505203 (PDF)

＊本書部分篇章由財團法人國家文化藝術基金會 National Culture and Arts Foundation NCAF 贊助創作。